隠れの子

東京バンドワゴン零

小路幸也

集英社文庫

目次

隠れの子

東京バンドワゴン零

隠れあそび

菅季屋《すがきや》さんに来て二日目の夜。

音はしませんでした。

ただ、それがそこにいることがわかって眼《め》が覚めたので、そっと布団から出ました。音を立てないように襖《ふすま》を開けて部屋から出ます。

時刻は八つの頃でしょうか。中庭の上の夜空にお月様が半分顔を出していました。夜目は人一倍利くのでこれぐらいでしたらなんでも見えます。

迷いませんでした。滑るように歩いて向かいます。

お客様の座敷です。

そこに、います。

襖を開けると、思わず息を飲みました。

ぬぅらり、と、それは動きました。

煙草《タバコ》のけむりのようにも見えましたけれど、ふぅわりと丸められた綿のようにも感じました。

そのけむりか綿のような人の形をしたものが、ぬぅらりゆらりと座敷の中を動いているのです。

薄絹を着ているような、でも丸裸でもあるような、なめらかに見える姿です。男か女かもわかりませんが、大きさは大人の男の人ぐらいはあります。

歩いていないで滑っているんだ、とも思いました。

足の裏の辺りがぺたりと畳に吸い付いているようなのに、すぅいすぅい、とまるで氷の上を滑るように動いているのです。

顔は、のぺら坊でした。

髷《まげ》も眼も鼻も耳もないのですが、口のあるべきところには大きな穴が空いています。そこですぅすぅと息を吸ってけむりが流れ込んでいるようです。夕月を寝かせたような穴の形で、にやりと笑っているようにも見えます。

(なにをしているのだろう)

腕がふぅわりふぅわりと動いています。

ひらひらと飛ぶ蝶々《ちょうちょう》を追い回して捕まえようとしているみたいですし、見ようによっては水の中で溺れかけているようにも思えますが、動きはずいぶんとゆっくりですから違うのでしょう。

座敷の中をぐるりぐるりと廻《まわ》って、それから、すぅ、となにもないかのように障子をすり抜けていきました。

（抜けていけるの）

やはり、煙草のけむりなのでしょうか。煙草のけむりを集めて、あの形になっているのでしょうか。

抜けていかなかった方の障子をそっと開けて後を追います。

けむりののぺら坊は、縁側を歩いていました。

やはり腕を動かしながら、少しずつ少しずつ進んでいきます。

これを見たら大人の人でもきっと腰を抜かすほどに驚くでしょう。この家の人が物《もの》の怪《け》や幽霊の類いだと騒ぐのも無理ありませんし、その反対に、決して外に広まらないようにするのもよくわかります。

こんなものが夜な夜な現れているのが世間に広まってしまったら、大きな商家であるこの家にとってはまさしく悪評。商売上がったりになってしまうでしょう。

（でも、見せ物にしたら、お客様がたくさん来るかも）

そんな考えが浮かんできて、思わず自分で自分の頭を叩《たた》きました。何を考えているのでしょうわたしは。

物の怪なのか幽霊なのか、それともただの幻なのか。

正体はまるでわかりません。

でもこうして目に見える、そして形を成したものが動いているのですから、そこには必ず意味があるはずです。

鉄斎《てっさい》さんはそう教えてくれました。

この世にある木も花も草も、猫たちも犬たちも魚たちも、およそ生き物の形というものにはそういうふうになった意味があるんだと。そういう形になるべくしてなっているのだと。そういう形になっているから、その動き方をするんだと。

だから、けむりののぺら坊がこうして動いているのは、そこに何か意味があるはずです。意味もなく動くものはこの世にはないのです。

風さえも、吹く意味があるのです。

もしも、このけむりののぺら坊がこの世のものではなくあの世のものだったとしても、こうしてこの世にやってきて形として成しているのですから、この世での意味のある動きをしているはずです。

怖くはありません。

わたしに、あるいはこの家の人に害を為《な》すために現れているのではないことは、今ははっきりとわかりました。

(教えて。なにをしたいのか)

問うても答えないのでしょうか。

そもそも、こちらの声が聞こえるのでしょうか。

でも、問うてみるのもひとつの手です。

答えてくれれば、そしてもう現れないようにできれば、現れるそのわけがわかれば、それでわたしのお役目はお仕舞いです。

早く終わってくれれば、神楽屋《かぐらや》に帰れます。

＊

水汲《みずく》みに出ると、ほととぎすの声が少し遠くなって聞こえてきました。

最初に遠く聞こえたら花がほころびはじめ、近く聞こえたら咲きはじめ、また遠くなったら咲きほこる、と、鉄斎さんが言っていました。

鉄斎さんが小さい頃を過ごしたお国では、ほととぎすのことをうづきどりと呼ぶ人もいたそうです。卯月《うづき》になると啼《な》きはじめて、やがて月の終わる頃には他の鳥の声に紛れてあまり聞こえなくなる。そういうことのようです。

「水もぬるいものね」

冬の間は冷たくて顔をしかめてしまう水汲みも、気持ち良くなっています。これから夏に向かっていくと、水汲みが楽しくなってきます。

「お早う、おるう」

「お早うございます」

「お早う」

「お早うございます」

「お早う」

長屋住まいのお姉さんや女房のみんなが台所に集まってきて、それぞれに朝の支度を始めます。

竈《かまど》で沸かされる湯のけむりや、朝餉《あさげ》の支度の煮炊きで台所の湿りが多くなってほんのりとぬくまります。夏はむぅとして少しばかり嫌になりますけど、今の頃はとても好きです。

わたしは水のそばで育ったせいなのか、湿り気の多いところにいると嬉《うれ》しくなるみたいです。晴れた日が嫌いなわけではありませんが、雨が降ると楽しくなってきます。霧雨や小雨ぐらいなら、濡《ぬ》れるのも構わずにそのまま外を歩きたくなります。

元々は河童《かっぱ》だったのかしら、なんてことも思うぐらいです。頭に皿はありませんけれど。

「はい、お早うさん」

大番頭の貞治《ていじ》さんが紺染の伊賀袴《いがばかま》に腹掛、法被《はっぴ》の仕事着の合わせを締めながら台所に入ってきます。

「お早うございます」

「本日の詰め人は十五人です。手弁当は十三人。鉄斎さんはお昼はおりません。今は曇りですが雲の様子から雨降りにはならんようなので、団子も茶の用意もいつも通りによろしゅう頼みます」

「はーい」

「それからおみちさんが昨日転んで腰を打ってね。なんか悪いみたいでして、今日は休ませときましょう。誰か後で様子見にいって、いけないようなら千庵《せんあん》先生呼んでやってくれんか」

「あ、あたしが見ておきますので」

お末《すえ》さんが手を上げました。お末さんとおみちさんは長屋のお隣りさんです。

「それじゃあ、今日も一日お願いします」

「お願いします」

神楽屋では一日庭に詰めて仕事をする人と、外に出て仕事をする人との数が日毎《ひごと》に違います。

詰めて庭仕事をする人にはお昼のご飯を出して、外に出て手弁当が必要な人には握り飯を作ります。そして庭を見に来たり、盆栽や植木や花を買いに来たりする人にはお茶と団子の用意をします。

神楽長屋に住む女の人たちは、毎日交代でここの仕事をします。ご飯の支度の他には庭の掃除、お客様が来たときにお茶とお団子をお出しして、広い庭の案内もします。植木や鉢植え、盆栽などの話は、それぞれの職人のみなさんがします。

「おるう」

貞治さんがわたしの傍《そば》に寄ってきて呼びました。

「はい」

「鉄斎さんがお前に頼みたいことがあるそうだ。朝の支度が終わったら、部屋に顔を出しなさい」

頼みごとですか。

「わかりました」

朝ご飯ができあがる頃には、神楽屋で働く男の人たちや子どもたちが続々と長屋から母屋にやってきて、この広い台所でそれぞれご飯を食べます。神楽屋ではなくて、大工さんや飾り職人さんなど、違う仕事をする人も中にはいますけど、朝はみんなが一緒にご飯を食べるので、ひとつの家族みたいです。

わたしは母屋に住んでいるので、ここに部屋があります。

母屋に住んでいるのは鉄斎さんと大番頭の貞治さんとそのおかみさんのおもとさん、お兼《かね》さんにそしてわたしの五人。わたしはお兼さんと一緒の部屋です。

母屋の掃除は、ここに住んでいるわたしたちのお仕事です。おもとさんとお兼さん、わたしの三人でお客様もやって来る母屋を毎日毎日きれいにします。

ここにやって来る人がときどき驚きます。神楽屋には働く人が住む長屋まであるのかと。

でも、鉄斎さんは神楽屋の主《あるじ》ですけれど、同時にここの地主ですから、自分のところに植木屋を出しそこに長屋を置いてみんなを住まわせても、つまり大家さんも兼ねているわけですからなんの不思議もありません。そこらにある長屋と仕組みはまるで変わりません。

違うのは、長屋の店子《たなこ》になっているのはほとんどが自分のところで働く人なので、家賃を取る必要がないということです。月の手当てから引けばいいだけですから。

「鉄斎さんのところに行ってきます」

「あいよぉ」

朝の支度が終わったのでお兼さんに声を掛けて、母屋と繋《つな》がった離れにある鉄斎さんの部屋に向かいます。

「またしばらく留守にするかね」

お兼さんがわたしに言いました。

「そうなるかもしれません」

うん、と頷《うなず》きました。

「頑張っておいで。留守の間こっちはしっかりやっておくから」

「はい」

鉄斎さんからの頼みごとは、これが初めてではありません。わたしがここに貰《もら》われてきてから、もう四度か五度か。

(あれ?)

ひょっとしたら片手では済まなくなったかもしれません。六度か七度目です。

でも、人助けです。わたしの力で助かる人がいるのなら、何度でもいくらでも出掛けていきます。

(あ)

廊下を歩いていくと縁側に新秋《しんしゅう》さんの姿が見えました。へりに腰掛けて煙草盆を脇に置いて煙管《キセル》を吹かしています。

「新秋さん」

「おう、るう坊」

ぽん、と、叩いて灰吹きに落として盆をずらし、ここへ座れ、と縁側の床をぽんぽんと叩きます。わたしは嬉しくてにんまりとしながら座りました。

「帰って来ていたのですね」

「三日ほど前にな」

にかっ、と笑って頷きました。

新秋さんは庭や盆山水、盆栽に使う土を作ったり、石を集めてきてきれいにしたりする地造りの人です。ずうっとここにいるときもあれば、どこかに石集めに出掛けて長い間帰ってこないこともあります。

七年前、まだ四歳か五歳だったわたしを江戸まで連れて来てくれたのも、石集めに来ていた新秋さんでした。

それからしばらくの間、わたしは新秋さんを父とも兄とも思って大きくなったのです。

「三日も前に帰って来たのに、朝ご飯には来なかったですね」

「いろいろあってな。ずっと江戸の町ん中をうろうろしてた」

はは、と口を開けて笑います。

「今回は、一月《ひとつき》ぐらい行ってましたか」

「そうさな。そんなもんか」

ほんの四、五日いないときや、二月《ふたつき》も戻ってこないこともあります。

それでも新秋さんはよく帰ってくる方で、神楽屋で働く人の中には、一年も戻ってこない人もいます。季節が一巡りする間、木々や草花の育ち方を確かめて、それを江戸まで持ってくるのにはどうしたら良いかを考えるのです。

そういう人たちの中には、わたしがまだ会ったことのない人もいるそうです。町にいるより山や野にいた方がいい。そこで生きられるのならばその方がいい。

神楽屋で働く隠れの人たちの中には、そういう人も多いのです。

「いい奇品《きひん》があってな。今回はそいつを見極めてたのよ」

「奇品ですか」

なかなかのものだったな、と、外出の羽織袴姿になった鉄斎さんが部屋の奥から出てきて言います。

「ありゃあ、今までに見たこともないような斑入《ふい》りだな」

奇品とは鉢植えの木で、その中でも葉に斑が入っていたり葉変わりのものを言います。人の手を加えず、天然自然のままで現れたものしか、そう言いません。そしてそういう鉢植えはとても貴重なものとして扱われるのです。

この江戸ではとんでもないお金で取引きされることもあると聞いています。

そして、天然自然に生えているものでちょっとでも変わったものを見つけたのなら、文を寄越《よこ》してくれるように頼んである人が、あちこちの国にいるのです。そういう文が来たのなら、神楽屋で働く人たちが見に行って確かめます。

「新秋さんは奇品も見るのですか」

「見るぜぇ。俺ぁ変わったもんならなんでも見るさ。今回は楢《なら》の木でな」

「楢、ですか」

変わった葉をした楢の木があると文をもらい、相模《さがみ》の国に行っていたそうです。その楢の木の葉の絵を描き、そして鉢植えにできるかどうかを確かめていたのです。新秋さんは絵も巧《うま》いのです。

この仕事をしていなかったのなら、絵師にでもなれたのではないかというぐらいに。実際、外に出ているときには頼まれて絵師の真似事《まねごと》をして似顔絵を描いたり、襖に風景画を描いたりすることもあるとか。

「その葉が落ちて、また新しい葉に斑が入るかどうかはわからないのですよね」

「わからないけれども、出ることの方が多いね。まぁ七割方は出るかな」

奇品はまるでわたしたちの様だ、と鉄斎さんが言ったことを覚えています。

たくさんの普通の葉の中に、天然自然にぽつんと奇品が出る。理由も由来もわからない。ただ、出てしまう。出てしまったら、受け継ぐものたちが出る。わたしたち隠れも、普通の人と同じはずなのに、奇品のように変わったものとして生まれてしまう。

鉄斎さんが、さて、とわたしに向き直りました。

「るうよ。またひとつお前に頼みたいことがあってね」

「はい。なんでしょうか」

「どうも、〈隠れあそび〉が出たんじゃないかと思われる商家があってね」

そうだろうと思っていました。

まだ子どもであるわたしに頼まれるのは、たいていは〈隠れあそび〉の始末事です。

子どもが隠れの力を、まだそれとはわからずに使ってしまっているのです。それは、自分で力を使おうと思ってしているのではなく、知らずにただ遊びの様に使ってしまっているのです。

でも、それは隠れの力故に、大変なことになってしまうことが多いのです。

「詳しくは、話を持ち込んできた新秋が教えてくれるが、ひとつ気に留めておいてほしいことがあってね」

「はい」

「その商家は神田佐久間町《かんださくまちょう》にあるんだが、すぐ近くには秣商《まぐさしょう》の店もある。遠州屋《えんしゅうや》さんというところだ。主は佐吉《さきち》さんという」

秣商の遠州屋佐吉さん。

覚えました。

「その人は、どうもひとり隠れらしい」

驚きました。

ひとり隠れ。

それは、隠れのことを何もかもわかっているはずの鉄斎さんでさえ、よくわからない力と出を持った隠れのことです。

「わたしは、まだそういう人に会ったことありません」

だろうねぇ、と、鉄斎さんも新秋さんも頷きました。そもそも鉄斎さんでさえほとんど出会ったことはなく、よくわからない隠れなのですから。

「らしい、というのは、鉄斎さんもまだその方が、ひとり隠れだとははっきりはわからないのですか」

「わからんかったねぇ」

困った顔をして腕を組みました。

「秣商としては江戸で一番の人だよ。商才に長《た》けた人でね。私が佐吉さんに会ったのは二度ほどなんだが、最初に会ったときにはまるで気づけんかった。しかし、向こうは私のことを知っていた。何もかもね」

「何もかも、ですか」

「むろん、それがひとり隠れというものだ。間違いなくすべてをわかっていて、私に会いに来た。二度目に会ったときに向こうから話を持ちかけてきて、ようやくそうだったのか、これがひとり隠れという者か、と気づいたぐらいだ」

物心つく前から自分の力の何もかもを知り、その隠れの力を誰にも、親にさえも知られずに、ひとりでちゃんと暮らしていけるようになった人が、ひとり隠れ。

「気づけば、わかるのですか？」

　おそらく、と、鉄斎さんは頷きます。

「こうして話したのだから、お前ならば、おそらくはすぐにわかるだろう。どんな力を持っているかもね」

どんな人なのでしょうか。

わたしたちの長《おさ》ともいうべき鉄斎さんでさえ、長じてからようやく自分の力がどんなものであるか、自分たちがどういう人間であるのかを知ったのです。

わたしたちは皆そうです。自分の持つ力がなんなのか、そもそも力であることさえわからずに、薄氷の上に立ってその下の闇に引きずり込まれるか、周りから気狂いか鬼かとされるかを待つしかなかったのです。鉄斎さんに見つけられるまでは。

「なにをしに、会いに来られたのですか」

訊《き》くと、鉄斎さんは少し微笑《ほほえ》みます

「最初はね、単に商いの話をしに来ただけだよ。まぁ向こうからすると私が隠れであることを知っていて、同じ商売人だからそろそろ顔見せというつもりもあったのだろう。私は気づかんかったがね。二度目に来たときには、少々ややこしい話を持ち掛けられたが、まだ私も隠れでございとは正面切って言わなかった。もうひとつ確信が持てなかったのでね」

ひとり隠れならば、わたしたちのことは見ればば何もかもわかるはず。隠してもしょうがないはずなのですが、鉄斎さんはわたしたちのことも心配したのでしょう。何かに巻き込まれないようにと。

「その方は、闇隠れではないのですよね？」

足元の薄氷を割り、自ら闇に落ちて行った隠れ。

「まるで違うね。そこははっきりしている。あのお人は違う。だからこそそのひとり隠れなのだろう。お前はこれからその遠州屋さんのすぐ近くの商家に行くことになる。おそらくは佐吉さんとも出会うだろう。そのときには、佐吉さんにはなにもしないでいい」

「なにも」

「なにも、だ。佐吉さんはおそらく悪いお人じゃあない。むしろ良いお人だろう。お前のこともきっとすぐに隠れだと気づくだろうが、それについて何かを言ってくることもおそらくはないだろう。何もかも、わかっているからね。ただね」

少し難しい顔をして、鉄斎さんが言葉を選びました。

「もしも、だよ。今回の〈隠れあそび〉がお前の手に余るようなら、そして私や新秋に知らせられないぐらいに火急のことが起こったのならば、すぐ近くにいる佐吉さんに事情を話して、助けてもらうのもいいのではないかと思っている」

助けてもらうのですか。

「それぐらいに、佐吉さんは強い力を持った、ひとり隠れなのですね」

「おそらくはね」

「わかりました」

〈隠れあそび〉を治めようとするときには、いつもわたしはひとりです。どうにもならないときはほとんどありませんでしたが、今まで一度だけ、ありました。二年前のことでした。

そのときには、急いで鉄斎さんに知らせに走ったのですが、子どものわたしの足ではどうにも間に合いませんでした。間に合わずに大騒ぎになり、その子は今は神楽屋さんにいます。

幸《こう》ちゃんです。まだ六歳の女の子で、長屋の甚八《じんぱち》さんとおすのさんと一緒に暮らしています。もうすっかりここに馴染《なじ》んでいますし、甚八さんとおすのさんを父母と思っています。本当の父母のことは、記憶の中にしまい込んでいるはずです。

「後は、新秋と話しておくれ。万事頼むよ」

「承知しました」

じゃあ、出掛けてくるので後はよろしく、と、鉄斎さんが立ち上がりました。ここでいいと言うので、二人で行ってらっしゃいませ、と見送りました。

鉄斎さんの後ろ姿が見えなくなってから、新秋さんが煙管を持って、くるりと掌《てのひら》で回しました。

「こいつも、そこで買ったもんだ」

「煙管をですか」

とてもきれいな煙管です。雁首《がんくび》のところに桜の花弁の細工が彫ってあります。煙管を買ったとなると。

「では、伺うところは、煙草屋さんですか」

「おう。菅季屋さんってところだ」

そして煙管に葉を詰め火を点《つ》けて、すぅ、と息を吸いけむりを吐きます。

「煙草は子どもにゃあ毒だ」

新秋さんが言いました。

「毒、なのですか」

「おう、毒だ」

では大人には毒ではないのかと訊くと、大人には毒じゃねぇよ薬になるんだよと言います。

「毒と薬は背中合わせの道一本ってな。毒草だって使い方で薬草になるのは、るう坊だって知ってるよな？」

もちろんです。

「知っています」

「だからよ、煙草ってのは子どもにゃあ毒でも大人には薬になるんだよ」

煙草は元々は草です。大根や牛蒡《ごぼう》と同じく土に生える草。草の中には根っこや葉っぱに毒を含んだものがあって、人もころりと死んでしまうものもあります。

煙草も実は使い方によっちゃあそういうものになるんだぜ、と教えてくれました。

「ここら辺りにゃあ煙草を作ってる畑はねぇもんな。見たことねぇだろう？　煙草がどんな草か」

「煙草という名前の草なのですか？」

「そうだ。葉っぱがこう」

掌をわたしの眼の前で大きく広げました。

「こんなふうに大人の掌よりもでっかくてな。花なんかは咲いても邪魔だからすぐに取っちまう」

「どうして花を取るのですか？」

「そりゃあ、葉っぱをでっかくするためよ。葉っぱがそのまま煙草になるんだから、でかい方がたくさん煙草になるだろう」

「葉っぱを大きくするのには、花を取るんですね」

「草ってのはそういうもんよ。盆栽だってな？　余計な枝を落とさねぇときれいに育たねぇだろう」

　あぁ、と頷きました。そういえばそうです。

「同じことなのですね」

「おう、土から生えるものはなんでもおんなじだ」

「それは、人の知恵なんですね。煙草を売り物にしたときからの」

　む、と、新秋さんが少し顔を顰《しか》めました。

「まぁそうだな。昔ぁきっと葉をそのまんま採って乾かして巻くかなんかして吸ってたんだろうよな」

　うんうん、と頷きながら続けます。

「そのうちに、売り物になったときに、もっと葉っぱを大きくするにはどうしたらいいかってかんげぇたんだろうな。人間の食いもんは何でもそうだろう。旨《うま》い大根と不味《まず》い大根があったらよ。その違いはなんだってかんげぇて、不味いもんを旨いもんにしようとする。そうやってなんでも旨いもんにするにはどうしたらいいか、ってかんげぇた奴《やつ》がいてな」

「それが広まってまた商いになっていくのですね。そしてその中でも良いやり方を自分で考えた人が、大きな商売にしていくのです」

　まったくな、と新秋さんがにこにこしてわたしの頭を撫《な》でました。

「るう坊はおつむの働きがちげぇよな。俺ぇがおめぇぐらいの頃はそんなことかんげぇもしなかったぜ」

「わたしのおつむはそんなに違わないと思います」

でもちょっと不思議に思いました。

「では煙草売りの家に生まれた子どもは、赤ん坊の頃からずっとずっと子どもにとっての毒の煙草のけむりに囲まれて大丈夫なんでしょうか」

「おう」

新秋さんは、うう、と、唸《うな》ってから腕を組んで空を見上げました。

今日はとても良いお天気で、空は紺色をしています。鳶《とんび》が一羽、ゆっくりと廻っています。何か獲物になるものが近くにいるのでしょうか。

「俺ぁお医者様じゃあねぇからなぁ。本当のところはわかんねぇけど、煙草の煙ってのはな？　こう、煙管でな、吸うじゃねぇか。そして一度身の内に肺の腑《ふ》に入って口から吐くんだよ」

「鼻からも出ます」

「出るよな。そうやって口や鼻から吐いたときからは、煙はもうでぇじょうぶになるんだ。それを子どもが吸っても毒にぁなんねぇのよ」

「毒の元を、肺の腑がきれいにしてしまうのでしょうか。それでは肺の腑が毒でいっぱいになってしまいます」

むうう、と唸りながら頷きました。

「そういうこったかなぁ。今度良観《りょうかん》さんが来たときにでも訊いてみな。わかるかもしんねぇから」

「そうします」

今度良観さんが来るのはいつでしょうか。いつも人間の身体《からだ》のことをあれこれ教えてくれるのはとても楽しいのです。

「それでよ、るう坊」

「はい」

「煙草売りの菅季屋さんところな。教えとっからな」

「お願いします」

煙草というのは、乾かし方や切り方、そして違うところで育った葉を混ぜたりすることで、味が変わるのだそうです。それは大人になって煙草を吸ってみないとまるでわかりません。

菅季屋さんは、元々は忠八《ただはち》さんが荷《にな》い箱を担いだ煙草売りから始めたそうです。丁寧な刻みと混ぜ物の煙草の旨さで評判になって、神田佐久間町に店を構えるまでになりました。

その頃にはまだ賃粉切《ちんこき》りも忠八さんがひとりでやる小さなお店でしたが、おりくさんを娶《めと》った頃から、おりくさんの作る煙草入れや小物入れも売り出しました。飾り職人さんに頼んで煙管なども です。その意匠もすべておりくさんがやっていましたが、ある歌舞伎役者の方がおりくさんの意匠の煙管や煙草入れのそれをとても気に入り、贔屓《ひいき》にしたことから評判になっていって、店がどんどん大きくなったそうです。

今では職人さんと使用人を合わせて十人にもなり、煙草屋さんとしては江戸では五本の指に入るのではないかと言われているお店です。

忠八さんとおりくさんの間に、一人息子の慶太郎《けいたろう》ちゃんが生まれたのは四年前。ですから、慶太郎ちゃんは今は五歳です。

「かわいいでしょうね」

「おぉ、まるで女の子みてぇな優しい顔した坊主になったな。忠八さんはまるで下駄《げた》みてぇな面《つら》してっから、ありゃあおりくさんに似たな」

その慶太郎ちゃんが、隠れの子なのでしょう。

「今まではなにごともなかったのですよね」

新秋さんが頷きました。

「俺ぁ忠八さんとこで煙草を買うようになって七、八年のつきあいになるかな。ちょうど店を大きくした頃でな。つまりは慶太郎が生まれる前からってこった。そりゃあまぁ仲のいい夫婦でよ。慶太郎も可愛《かわい》い赤ちゃんでな」

つまりは幸せな家族なわけです。

「それがなぁ、つい一月ほど前のことよ。住み込んでる番頭がそいつを見たんだよな」

「そいつ、とは」

新秋さんが、顔を顰めました。

「煙の化け物だってよ」

けむりの、化け物。

「見たことも聞いたこともねぇよな」

もちろん、ありません。

「けむり、って、形があるのですか？」

「ねぇだろう」

また煙管に葉を詰め、火を点けました。すぃ、と吸ってけむりを吐きます。今日は風がないので、ゆっくりとけむりは動いて、そしてすぐに消えていきます。

「この通り、口で言える形なんざぁ煙にはねぇ。でもな、そこに現れる煙の化け物は、人の形をしてるってんだ」

人の形ですか。

「芸人で、煙草のけむりでなにかを模《かたど》るというのを聞いたことがあります」

あぁ、と、新秋さんが笑いました。

「煙芸ってやつな。ただそいつぁ、こう煙で輪っかを作ってな、そいつを何度も重ねてなんとなく形を作るって程度よ」

「難しそうです」

「まぁそりゃあ金取ってる芸だからな。それこそ襖もなんもかも締め切って、まったく風の入らねぇ部屋ん中で誰もが息を止めるようにして見る芸よ。けれどもそれにしたって、夜な夜な現れて人を驚かすもんを作れるもんじゃねぇさ」

そうですね。少しでも風が吹けばけむりは動いて消えてしまうのですから。

「夜な夜な、ということはやっぱり慶太郎ちゃんが寝てからってことですね」

そういう話だ、と、新秋さんが頷きます。

「そいつが毎夜現れるようになってからな、慶太郎も病みがちになっちまってな。今じゃあ、いちんちじゅう布団の中にいることもあるってな」

「お医者様にはもちろん」

「もちろんよ。診《み》てもらっているが、なにが悪いんだかさっぱりわからんから、気の病ってことになっちまって、とにかく滋養をつけてゆっくり休ませろってな。それしかできんとさ」

「それで」

〈隠れあそび〉ではないかと。

「見てねぇからなんとも言えねぇけどな。俺ぁあちこちの国に行っていろんなものを見聞きしてる。変わったもんなら何でも拝見ってぇ商売だ。こんなような話を聞いたことはないかと、忠八さんに訊かれてな」

新秋さんが身近にいて、菅季屋さんは良かったと思います。もしもただの〈隠れあそび〉ならば、わたしがなんとかできます。でも、まったく違う物の怪とか怪異とでも言うべきものなら、どうにもならないのですけれど。

「るう坊のことは、寺の子どもってことにしてある」

「はい」

いつものことです。わたしはあやかしのものを見立てることができる子どもで、そして、もしも手に負えるものなら、それを消すことができると伝えておくのです。

わたしは、慶太郎ちゃんの子守として、遊び相手として、しばらく菅季屋さんで過ごすことになっているそうです。

「あぶねぇことはないとは思うけどよ」

「大丈夫です」

〈隠れあそび〉なら、なんでもありません。別のものだったらすぐに逃げます。

わたしは、逃げ足も速いのです。

＊

けむりののぺら坊は縁側を端まで歩き、そこでゆっくりと廻って、またこっちへ向かってきました。

もし、眼があるのならわたしの姿は見えているはずです。でも、わたしと向き合っても立ち止まったりも驚いたりもしませんでした。同じように腕をふぅわりふぅわりと動かしながら進んでいます。

（なんでしょうか）

舞を舞っているふうでもありません。おいでおいでと呼んでいるようでもありません。

（苦しがっているのかしら）

もがいているのかもしれません。

あれが、慶太郎ちゃんの〈隠れあそび〉だとするならば、慶太郎ちゃんが苦しんでいるのでしょうか。

そんなふうには思えません。まだ二日目ですけど、慶太郎ちゃんは素直で明るい子どもです。大きな商家に生まれて、やさしいお父様とお母様がいて、なにひとつ不自由のない暮らし向きです。

苦しいことなど、まるで見当たりません。

そして、まだ隠れではありませんでした。

そういうこともあるのです。放っておけば力がはっきりとして隠れになってしまうでしょうけど、まだ大丈夫です。今のうちに理由さえわかれば、力が出る前に消してしまうことができます。

隠れになど、ならなければならない方がいいのです。

でも、もしも、まだわたしのわからないところに慶太郎ちゃんの苦しみの種があるとするならば、それはなんでしょうか。

（あ）

すぅ、と消えました。

もう五歩も歩けば手が届くと思ったときにです。

（本当に、けむりだ）

まさしくけむりのように、消えうせました。

微《かす》かに、煙草の匂いがしました。やっぱり煙草のけむりが集まったものなのかもしれません。

（もう出ないかな）

少し待ってみようとしたときです。

誰かがいます。

感じました。

けむりののぺら坊ではありません。人です。

家の中ではなく、庭からこちらを探っているように感じます。こんな夜中に庭で様子を窺《うかが》うような人がまともな人であるはずがありません。

(盗《ぬす》っ人《と》?)

身体が震えました。

もしそうなら、わたしの姿を見られているはずです。盗っ人ならばきっと夜目も利くはず。

とっさに下を向きました。顔を覚えられないようにです。

厠《かわや》が、この先にあります。

そちらに向かって歩きはじめました。

あの盗っ人は、けむりののぺら坊の姿を見たのでしょうか。いえ、見たのならきっと逃げ出すはずです。逃げ出さずにそこにいるということは、消えた後に来たということでしょうか。

このまま厠に起きてきた子どものふりをすれば、どこかへ行くでしょうか。それとも、襲われたりするでしょうか。

声を上げるか、様子を見るか。

迷ったときに、ふっ、と、影が動いたような気がしました。

こちらを窺っていた気配が消えました。

いなくなりました。

足が震えています。その場にへたりこんでしまいそうになるのを、堪《こら》えました。誰かに見られたら、厠に間に合わなかったと思われても仕方ありません。

盗っ人かどうかはわかりませんが、人が庭に来ていました。

間違いないと思います。

これは、〈隠れあそび〉とは関係ないのでしょうか。


三日目の朝です。

朝になって眼を覚ましても、慶太郎ちゃんは布団から出ようとしません。出たくないのではなく、力が出ないのです。

怠《だる》いと言います。熱はありません。でも、まるで熱がある赤子《あかご》のようにくたりとなっています。

食べ物は食べられるのです。どんなに具合が悪くても、食べられるうちは大丈夫だと聞いていますから、身体の心配はないと思うのですが。

まだお店にお客様が入る前の朝は、お母様のおりくさんが慶太郎ちゃんについています。わたしはそこで何もせずにぼんやりしているのも性《しょう》に合わないので、お店の前の掃除をさせてもらっていました。なにかをしている方が、いろいろと頭も働きます。

店主である忠八さんも、そしておりくさんもとても良い方です。新秋さんに連れられてわたしがここに来たとき、まさか本当に子どもだとは思っていなかったのでしょう。少し驚いていましたけれど、すぐによく来てくれましたと言ってくれました。ここにいる間は、身内のように過ごしてもらっても構わないと。

盗っ人らしきもののことは誰にも言っていません。まずは鉄斎さんか新秋さんに伝えるべきかどうか迷っていました。

けむりののぺら坊は、夜にしか出ていません。

おそらく慶太郎ちゃんが寝ているときにしか出ないのでしょう。盗っ人も、昼日中《ひなか》に入るはずもありませんから、夜まではまだ時があります。

(どうしたらいいかな)

今夜もけむりののぺら坊が出たなら、今度は姿を追うのではなく慶太郎ちゃんの様子を見にいきます。それでなにかわかると思いますけれど。

「お早うございます」

近所の商家の人たちが、同じように軒先の掃き掃除をしています。掃き掃除をするのは今日が初めてなので、きっと見慣れない子がいると思っているでしょう。

道を歩く人たちも、増えてきます。物売りの声も聞こえてきます。江戸の町中《まちなか》は、神楽屋の近くよりはずっとずっと賑《にぎ》やかです。

その中で。

（あの人だ）

すぐにわかりました。

遠州屋佐吉さんです。

その人が、遠州屋さんの正面から出てきて中に何か声を掛けてから歩きはじめました。

薄墨色の長羽織に小豆《あずき》色の着物。細面《ほそおもて》で整った髷。どこから見ても裕福な商家の若い主です。

そして、隠れです。

それはもう、間違いありません。

隠れであることはわたしにはすぐにわかりましたけれど、それでも佐吉さんがどんな隠れなのかははっきりとしませんでした。

これでは、鉄斎さんがわからなかったのも無理はないと思います。

ひとり隠れ、とはこういうものなのですね。

隠れの力は、同じような力を持っている者同士であれば、感じ方はそれぞれ違いますがなんとなくわかります。鉄斎さんはありとあらゆる隠れの力を知り尽くしているので、ほとんどを見抜けます。

わたしもです。

わたしの力はすべての隠れを見ることができます。

ですが、遠州屋佐吉さんはわかりません。形として見えてきません。わからないけれわからないけれども、大きな大きなものを感じることができます。

どこかへ向かっていた佐吉さんも気づいたのでしょう。わたしに眼を留めて、そしてにっこりと微笑みました。

そのまま足の向きを変えてこちらに向かってきました。

「お早うございます」

「お早うございます」

「見ない顔だね。菅季屋さんの新しい子かい？」

優しい声です。そして、優しい笑顔です。いい人だと言っていた鉄斎さんの言葉に間違いはないと思います。

「子守に来ています。るうと申します」

頭を下げました。

「おるうちゃんか。ちょいと聞かない響きだけれど、いい名だね」

「ありがとうございます」

微笑んだままで、わたしを見ています。そうして、少しだけかがんで小声で言いました。

「神楽屋の、鉄斎さんのところの子かな？」

いきなり言われたので少し驚きましたけれど、きっとわかってしまうのだろうと鉄斎さんも言っていましたから、こくり、と素直に小さく頷きました。

佐吉さんも、同じように小さく顎を動かしました。

「子守に来たということは、ひょっとしたら、ここの慶太郎になにかあったのかね？」

きっと、この人には、なにも隠せないのでしょう。すぐに、そう悟りました。

それこそ、ひょっとしたら、です。佐吉さんの隠れの力はそういうものなのかもしれません。

先読みです。

この先になにがあるか、なにが起こるかが、見えるのです。

まだそういう力を持った隠れに出会ったことはありませんけれど、いてもおかしくはありません。

もしそうなら、それは本当に恐ろしいぐらいの力だと思います。佐吉さんは商才があるということですから、そこから来ているのかもしれません。

盗っ人は今夜もまた来るかもしれません。来ないかもしれません。

神楽屋まで行って帰ってきて新秋さんを連れてきても、無駄足になるどころか、ひょっとしたら新秋さんを見張りに立てることで、〈隠れあそび〉も消えてしまって、その理由もわからなくなるかもしれません。

それでは失敗になってしまいます。

もしも失敗して慶太郎ちゃんが隠れになってしまったら、ここの家族の幸せが消えうせてしまうことになります。

それは、あまりに可哀想《かわいそう》です。

自分のような子どもがまたできてほしくはありません。

佐吉さんになら、わかるのかもしれません。

「お願いがあります」

「お願い？」

少し眼を細めて、わたしの眼を覗《のぞ》き込みました。

「どこか、誰にも知られないところで、お話をさせてください」

小声で言うと、佐吉さんがほんの少し口を窄《すぼ》めました。

「これからちょいと深川の方へ商いの話をしに行くのだけれどね。九つぐらいまでは待てるかね？」

「待てます。大丈夫です」

うん、と、微笑みました。

「それじゃあ、ご飯をうちでお上がりなさい。ご馳走《ちそう》するから。うちでなら、誰にも知られずに話ができます。それでいいかな？　間に合うかな」

「ありがとうございます」

お昼時にちょっと神楽屋まで行ってくると言えば、菅季屋さんは心配することもありません。大丈夫です。

「よろしくお願いします」

表店《おもてだな》を構える菅季屋さんは、煙草屋というよりは小間物屋さんにも見えます。店表には色とりどりの布や革張りで作られた煙草入れや、煙草入れと一緒に使える巾《きん》着《ちゃく》などの小物入れも並んでいるからです。

わたしはあまり知りませんでしたが、煙管も、とても華やかな色合いや模様のものがたくさんあるのです。

おかみさんであるおりくさんに教えてもらいましたが、煙管は金物の雁首と吸い口、そして真ん中の羅宇《らう》のみっつに分かれるのです。

真ん中の羅宇のところは大体は竹やいろいろな木で作られるのですけれど、その材によっても煙草の味が変わってくるのだそうです。そして、木や竹ですから表面に細工や色を付けることができます。

ですから、見栄えもとてもきれいで美しい羅宇もここにはたくさん並んでいるんです。お客様の注文で、ここに並んでいない自分だけの雁首と吸い口、羅宇を作ることも多くあるそうです。

その他にも、みっつに分かれない延べ煙管というものもあります。一本の金物でできていて、これにもとてもきれいなものがたくさんありました。金物ですから、それで煙草の味が変わるということはあまりないので、こちらを好んで使う人も多くいるそうです。

「きれいでしょう?」

「きれいです」

金物の延べ煙管は見たこともないぐらいの細かい細工や、ねじられて不思議な形のものも多くて、見ているだけで楽しくなってきます。まるで宝物のようです。

「私は煙草は吸わないけど、見ていると欲しくなってくるのよね」

おりくさんは微笑みながらそう言っていました。

煙草屋さんは、見ていても楽しいところでした。

棚が並ぶ帳場と店表のすぐ脇に葉切りの作業場があって、そこでは煙草の葉を切っています。

その裏、お店からは見えない部屋では煙草入れなど袋物を作るお針子さんたちが五人、そしてお客様の相手をする番頭さんと売り子さんが一人。家の中のお手伝いをする人が二人います。わたしがいる間はそのうちの一人、トクえさんが面倒を見てくれています。おりくさんは、袋物から煙管まで意匠を全部考えて細かく絵図に描いて、そして袋物は自分で作って同じものをお針子さんに作らせます。

金物や木工の煙管は自分では作れないので、よそにいる細工師さんに頼んで絵図に描いたものとまったく同じものを作ってもらっています。そしてお店にも立ってお客様の相手をします。

わたしは今まで知りませんでしたが、煙草入れひとつ取っても、ただ煙草の葉がきちんと入ればいいというものではないそうです。葉が乾燥したりしけったりしないように考えて作る工夫が必要なのです。

夏はじめじめした湿り気がこもり過ぎてしけた葉っぱにならないように、目の粗い布を使ったり、革張りにしてもなめした薄い革に細かな穴を開けたものを作れば湿気は抜けます。冬はその反対にからっ風で乾いてしまわないように目の細かな布を使い、油紙を裏地に使ったものもあります。その油紙にしても、作ってから油の匂いが抜けていくような工夫が必要なのです。その反対に、油紙を作るときの油に香りをつけて、その香りが煙草にもいきわたるような細工もあるそうなんです。

そういう工夫を、すべておりくさんが自分で考えて、そして見栄えも良いように美しい意匠を組んで作っているのです。

とても、感心しました。売れるのも道理です。

他の煙草屋さんや袋物屋さんでも、おりくさんの工夫を真似して同じようなものを作っているみたいですけれど、比べると、まるで違います。おりくさんの作らせたものの方がずっとずっと質が良いのです。

それはもちろん最初におりくさんが考案する意匠が素晴らしいのですけれど、お針子さんたちの腕を見極め、自分の思うようなものを作れる人を集めたのも、おりくさんだそうです。

近頃おりくさんは、煙草盆も手掛けはじめたそうです。

腕が良くて、自分のような女の注文主の言うこともきちんと聞いてくれる若い細工師の人を自分で探し出して、今までにないような煙草盆を作っているのです。腕がいい細工師はお年寄りの方が多いのですが、そういう人たちは女の言うことなんか聞けるかと、仕事を請け負ってくれないことも多いそうです。

菅季屋さんのお店の人の話では、吉原《よしわら》の花魁《おいらん》も自分の座敷に置いて使ってくれているとそれが御馴染《おなじ》みさんの間でも評判になり、たくさんの方々の注文が入っているのだそうです。

それで、菅季屋さんは大きくなっているのです。江戸で五本の指に入る煙草屋さんだというのも、頷けました。本当に良いお店なんだなと思いました。

けむりののぺら坊は夜にしか出ないので、わたしは慶太郎ちゃんが寝ているときにはお店やお家《うち》の中をうろうろして皆さんの様子を見させてもらっていました。

慶太郎ちゃんの隠れの力が出てしまうのは、慶太郎ちゃんの中になにかがある場合と、よそにその原因がある場合もあるはずです。

なので、慶太郎ちゃんの周りにいる人たちをきちんと見ることも大切なのです。

菅季屋の主である忠八さんは、お店に立つことはあまりしていません。

店表のすぐ脇にある葉切りの作業場で、賃粉切りさんと二人で煙草の葉っぱを切って刻んでいます。こちらにはたくさんの木箱が壁一面に並んでいて、その中にはいろいろなところから仕入れた煙草の葉が入っています。

それぞれに味が違うので、それを上手《うま》くまとめて刻んで、お客様に渡すのです。

「やり方さえ覚えてしまえば、誰にだってできることだよ」

忠八さんはそう言って笑いました。

煙草の葉っぱを刻むのは大人なら誰にでもできるので、葉っぱだけを買って自分で刻む人もいるそうです。

けれど、やはり細く細かく手早く切るのには手技が必要ですし、あちこちの産地の煙草の葉を混ぜ合わせて好みの味の刻み煙草にするのは、ただ分量を守って混ぜればいいというわけではなく、乾燥具合や刻み具合など勘どころを押さえる術《すべ》を覚えないと味が立ってこないそうです。

忠八さんの刻んだ煙草じゃないと旨くない、というお客様はたくさんいて、毎日買いに来る人もいます。

刻み煙草は一度にたくさん買っても、乾いてしまったり、逆にしけてしまったりすると風味が変わってしまうそうです。ひどいときには火も点かなくなると言っていました。それだから、毎日のように煙草屋に足を運んで一日分の分量だけを忠八さんに刻んでもらって、それで一日過ごすというお客様がいるのです。

忠八さんは、とても生真面目な方だと思いました。

まだ子どものわたしにも、お使いの御用で来てくれたお寺の子なのだからと、きちんと丁寧にあたってくれます。

「おるうさんは、お寺さんでは何をしているのだい？」

わたしが葉切りの様子を眺めていると、忠八さんが訊いてきました。

「下働きです。お掃除や皆さんの食べるものを作っています」

嘘《うそ》ではありません。本当のことです。

わたしが始末事を、お役目を果たすときには寺の子どもと偽ることが多いのですけれど、ひとつの嘘には本当のことをたくさん混ぜるとその嘘が見えなくなって本当に思えるそうです。鉄斎さんに教えてもらいました。

ですから、神楽屋にいることだけは隠して、あとは全部本当のことを話すようにしています。

「その、あやかしとか物の怪とか、幽霊のことがわかるというのは、昔っからなのかい？」

訊きづらそうに、不安そうな、でも少し悲しげな感じが伝わってきました。

「たぶん、生まれたときからだそうです」

「生まれたときから？」

もちろん、わたしにはわからないことですけれど、新秋さんが聞いてきていました。後から、教えてくれたのです。

「わたしは、まだ乳飲み子のときから、そういうものが見えたり感じたりしていたそうです」

それも本当のことです。

「それは」

忠八さんが少し眉を顰《ひそ》めました。

「お父さんやお母さんが言っていたってことかい？」

「そうです」

ずっと昔に見た、包丁が胸に刺さったままの女の人を連れて歩いている人のことを説明しました。

頼まれてこうして始末事をするときには、よくこれを話します。

「包丁を？　それはどういうことだい」

「わたしには、そう見えたということです」

他の人に見えたりはしません。わたし以外の隠れの人にも見えたりはしません。わたしだけが見えるのです。

「その人は、人殺しだったのでしょう。殺《あや》めた女の人のなにかが、ずっとその人につきまとっていたのです」

嘘を混ぜています。

本当に見たものは、包丁を何本も、いつも身体に纏《まと》っている男の人でした。女の人の幽霊ではありません。

その人は、今にして思えば隠れでした。

それも闇隠れです。

自分の力を使って人を殺めて回っている隠れでした。その人の隠れの力が、わたしには包丁になって見えたということです。きっと切れ味鋭い包丁のような力を持っていたのでしょう。

でも、それは言えませんから、幽霊の話にすりかえています。

「そんなことが」

「あるんです。どういう理屈なのかは、わたしにもわかりません。ただ、誰にも見えないものがわたしには見えてしまいます。そういうことがたくさんあって、わたしは寺に預けられたのです」

「いくつのときにだい？」

「わたしははっきりとは覚えていないのですけれど、三つか、四つぐらいの頃だったと思います。それからずっとお寺でお世話になっています」

なるほど、と忠八さんが頷きます。葉はもう刻んでいません。お客様が来たときに切るのがいちばんいいのです。さっき切っていたのは、自分用と、葉っぱの配合をいろいろ考えるときのためのものだったそうです。

「それを、幽霊みたいなものをどう始末するのかい？　お祓《はら》いとかかい」

「わたしは、尼でも巫女《みこ》でもありませんから、お祓いなどはできません。ただ、出て行ってほしいとお願いするだけです」

「お願い」

「そこから出て行ってほしい、消えてほしいとわたしがお願いすると、ほとんどのものは出て行ってくれます。消えてしまうと言ってもいいです」

それも、本当のことです。

幽霊ではなく、隠れの力をその人から出してしまう。

出て行かせる。

消す。

それが、わたしの隠れの力です。

もしも、このわたしの隠れの力を悪いことに使おうとしたならば、わたしはその人から覚えていること全部を消してしまうこともできるはずだと、鉄斎さんは言いました。

そういうふうにしたことはありませんけれど、できると思います。

ついた知恵も、生きてきた思いも、家族のことも、話す言葉も何もかも失って、ただそこに生きているだけの肉の塊になってしまうのです。

とても怖いことです。きっと家族にとっては死んでしまうより怖いです。

そんなことをしたくはありません。

わたしは、わたしの力をそんなことには使いません。

そういう、はっきりとした思いを心に刻むことが、わたしたち隠れには大事なことなのです。隠れであることを隠して、大方の人たちと同じようにこの人の世で暮らしていくためには、必要なことなのです。もしもそれを忘れてしまったり心に刻みつけたりできなければ、闇に落ち、悪い隠れの闇隠れになってしまうか、あるいは山海の人の目の届かないところで、野のけものと同じようになって暮らしていくしかなくなってしまうのです。鉄斎さんの知らないところで、あるいは知っていても教えてあげられずに助けられずに、そうなってしまった人たちもいます。たくさん、いるはずです。

「その、だね」

「はい」

「もしも、あのけむりの化け物のようなものが、あやかしや幽霊の類いで、慶太郎になにか悪さをしているとわかったときに、おるうさんが出て行ってくれとお願いして、消えるわけだね？」

「そうです」

「そうなったときに、他になにかが起こってしまわないのかね。慶太郎の身に危険なことが起こるとか、なにかが残ってしまうとか」

「そのときになってみないとわからないこともあります。でも、もしもわたしがきちんと消せたのなら、慶太郎ちゃんにはなにも悪いことは起こらないはずです。今までもそうでしたから、安心してください」

そうかね、と、忠八さんが少しほっとしたような顔を見せました。

嘘はついていません。

慶太郎ちゃんの〈隠れあそび〉なら、わたしが消せばそれで終わります。慶太郎ちゃんは元気になるはずです。

でも、それ以外のなにかなら、慶太郎ちゃんに悪いことも起こってしまうかもしれません。忠八さんにも、おりくさんにも。

少し気になることが増えました。

忠八さんは、どうして、他になにかが起こるとか、なにかが残るなんて思ったのでしょうか。

わたしは、消えてしまうと、ちゃんと言ったのに。

あのけむりののぺら坊について、なにか思い当たることでもあるのでしょうか。

＊

「おじゃまします」

遠州屋さんのお店です。秣屋さんには、初めて入りました。そもそもが秣屋さんは子どもが入るようなお店ではないです。

たぶんそうだろうと思っていましたけれど、店の表からはなにかを売っているとは少しもわからないのです。まるで旅籠《はたご》のようですけれど、旅籠よりもものがなにもありません。ただ、立派な帳場格子と壁に棚があるだけです。

「おるうちゃんかね」

茶絣《ちゃがすり》の羽織を着て帳場格子の向こうに座っていたおじいさんが、わたしを見てにこりと微笑んで言います。

「こんにちは。菅季屋さんに子守に来ている、るうです」

「聞いていましたよ。旦那さんは奥にいるからね。そこから入って、すぐ左の座敷においでなさいな。そのまま入っていっていいからね」

「ありがとうございます」

店にはこのおじいさんの姿しかありません。お客様もいません。このおじいさんが番頭さんなのでしょうか。

静かなお店です。菅季屋さんは葉を刻む包丁の音や人の話し声が絶えません。神楽屋も人がたくさんいますし、植木屋ですからいつもなにかの音がしています。ほとんどが庭というか外ですから、風の音も川の音も鳥の声も聞こえます。

でも、秣屋さんでは音はほとんど聞こえません。裏の河岸《かし》の方から馬の声が聞こえてきましたけれど、あれは秣を食べさせるために、あるいは運ぶために飼っている馬でしょうか。

　黒板の廊下を歩いて、左手の座敷の前で膝を突きました。

「るうです」

「あぁ、どうぞ」

　障子を開けると、ちょうどその反対側の襖を開けて佐吉さんが箱膳を持ってきていました。

「ちょうど良かったよ。今上がったところでね」

「わたしが運びます」

　主の人が箱膳を運んでくるところなど見たことありません。

「いいんだよ。いつものことでね」

　いつもなんですか。佐吉さんは、独り身なのでしょうか。美味《おい》しそうな出汁《だし》の匂いがしてきます。温かい蕎麦《そば》と天麩羅《テンプラ》です。

「天麩羅も蕎麦もね、どちらもそこの新橋のところでいつも出ている屋台でね。そこが旨いんですよ」

「お代は」

　なにを言ってるんです、と、手を軽く振って笑いました。

「あたしが呼んだんだからね。さ、温かいうちに食べよう。話はそれからで」

「はい。いただきます」

美味しいお蕎麦でした。天麩羅は衣がさくさくしていて、揚げたてを買ってきたのだとすぐにわかりました。

こんなに静かな家の中でご飯を食べるなんて、初めてのことかもしれません。いつも大勢で賑やかな中で食べているので、少し落ち着かない気持ちになります。飲み込む音さえも聞こえてきそうです。

「遠州屋さんは」

「佐吉でいいよ」

「すみません。佐吉さんは、お独りなのですか」

そうですよ、と、頷きます。

「身内はいませんね。お種《たね》さんっていうばあやと、番頭の五平《ごへい》さんが身内っていやぁ身内でね。あたしがまだ小さい頃からずっと一緒です。この家に住んでいるのは三人っきりですよ」

店で働く人たちは、秣を運ぶ人から馬の世話をする人と、二十人を超えているそうですけれど、皆さん通いの人だそうです。

「あたしはね、身代を今代限りって決めているもんでね。子どももいやしないし、小僧さんや下働きの子もいないんですよ」

「そうなんですか」

なぜ、今代限りと決めているのでしょう。大店だと聞いていますから、誰かに跡目を継がせてもいいはずなのですが。

「嫁も娶らない、子どもも作らないわけは、おるうちゃんならもうわかっているんじゃないのかね」

そう言って、にこりと微笑みます。ちょっと考えましたけど、そのわけはひとつしか思いつきませんでした。

「自分と同じような子どもができては、可哀想だからですか」

こくん、と、頷きます。

「その通りだね」

親のものが子にうつるそうです。親子が似るのはあたりまえ。鳶《とび》が鷹《たか》を生むってこともあるそうですけど、大体は親と同じような子どもが生まれてきます。そういうものだそうです。

それからすると、隠れになってしまう子どもの親にも、隠れの力があっても不思議ではないのです。神楽屋にもそういう親子はいます。

でも、わたしの親にはありませんでした。そのはずです。

「どうなるかは、わからない。でも少なくとも似たような力を持ってしまった子ができる故はある。そうだろう？」

「そうですね」

そうなんだろうと思います。だから、佐吉さんは独りでいることを選んでいるのでしょう。

「さ、お茶を淹《い》れようね。羊羹《ようかん》があるけれども、甘いものは好きだろう？」

「好きです」

「待っておいで」

「手伝います」

上げ膳据え膳なんてとんでもないことです。お茶もわたしが淹れます。いつもやっていることだから、きっとわたしの方が美味しいお茶を淹れられます。

さて、と、佐吉さんが湯呑《ゆの》みを手にしたままわたしを見ます。

「お願いとは、なんでしょうね。おるうちゃん」

「はい」

それを言う前に、やはりきちんと言葉にして確かめておかないとなりません。

「その前に、佐吉さんは、ひとり隠れですね」

言うと、少しだけ眼を大きくさせてから、にこりと微笑みました。

「そうだね。ひとり隠れだよ。見ただけでそれがすぐにわかってしまうのかね。おるうちゃんは」

「わかります」

うん、と、頷きました。

「大したものだね。それが、おるうちゃんの隠れの力かい」

「そうです」

それが、わたしの力です。

「じゃあ、あたしの隠れの力がどんなものかもわかるのかい？」

「わたしには力が形になって見えます」

「形」

「でも、佐吉さんの力は形になって見えません。ただ、感じることはできます。先読み、ではないかと思います。この世の物事がこの先どうなるかを佐吉さんは書物を読むように感じ取ることができるのです。わたしが、人に見えないものを見るのと同じように」

ふぅむ、と、唸るように言いました。

「大したものだね。それで、おるうちゃんは隠れの力も消せるんだね？」

少し驚きました。

「それが読めたのですか？　わたしが力を消せることを」

「いや、これは単に当て推量ですよ。隠れであるおるうちゃんが鉄斎さんに言われて菅季屋さんに来て、慶太郎の子守をしている。そしておるうちゃんは隠れの力を見ることができる。そうとなれば、ただ隠れの力かどうかを見分けるだけなら、家に入り込まなくても済む話でしょう？　外から見ればいいだけの話」

「わざわざ家に入り込んだからには、それを消すためにやってきたのだと」

「そういうことだね」

やっぱり佐吉さんは、先読みの力が常に働いているのでしょう。だから人よりも物事のなんたるかをきちんと読んでいけるのだと思います。

なるほどねぇ、と感心したように佐吉さんが言います。

「力を消せるとはねぇ。そんな隠れがいるとは驚いた。どういうふうに消すのかね。それは教えてもらえるのかな」

佐吉さんになら、大丈夫です。

「身体に触れます」

「触れる、とは？」

口で教えるよりも、佐吉さんも隠れです。やってみた方が早いです。

「佐吉さんの背中に触ってもいいですか？　力を消しはしません」

「いいとも」

「失礼します」

立ち上がって佐吉さんの背中に回って、そっと手を当てるか当てないかのときに、佐吉さんは素早い動きで跳びすさるようにしてわたしから離れました。

「なるほど」

眉間に皺《しわ》が寄りました。

少し身体を震わせました。わたしはすぐに戻って座りました。

「どうでしたか」

「まるで冷や水を浴びせられたようだった。いや、冷や水よりも氷か」

「皆さん、そう言います」

隠れの力を持った大人は、そう感じてしまうみたいです。

「それはもちろん、おるうちゃんが力を消そうと考えていたから、こんなふうに感じるのだね？」

「そうです。普通にただ触ろうとしていたのなら、そんなふうには感じません。それに、こんなふうに大人の隠れの力を消したことはありません」

「そうなのかい？」

「大人の隠れの力を消すことは、とても難しいことです」

さて、と、佐吉さんは考えました。

「どういうふうに難しい？」

「まず、大人の隠れで、隠れの力を消してほしいと願う人はほとんどいません」

なるほど、と、頷きます。

「まぁ、そうだろうね。今までなんとかやってきたんだから今更消してもどうしようもない、ってことになるだろうね。あたしだってそうだ」

「そうです。そして、もしも、無理やりに消そうとしてもすぐに逃げられてしまいます。そうして、大人に逃げられたら、子どものわたしはもうどうしようもありません」

「ならば、他に大人がいて、捕まえていたらどうなのかな？」

それも難しいです。

「普通の大人は、特に男の人の場合は大人しく捕まっているでしょうか。暴れられても困るのです。気を失ったり眠ったりしていても駄目です。病と同じようなものです。自分が病にかかったとわかっていて、身体の具合が悪ければ、大人しくお医者様の言うことを聞きますよね？　薬を飲んで病を治そうとします」

「そういう気持ちにならないと、大人の場合は駄目ってことだね？」

はい、と、頷きました。

「それでも無理やりにやってしまうと、隠れの力だけではなく、いろんなものが一緒に消えてしまうこともあります」

「知恵とか、言葉とか、覚えているもののどれかか、すべてかです。なにもかも忘れてしまうこともあるのです」

やってはいけないことです。

「そいつは、怖いね」

「怖いです。だから、大人の隠れにはやりません。わたしが力を使うのは、子どもにだけです」

子どもなら、素直です。

「なにも感じないままに、力が消えます。それにわたしがこうして出向くのはほとんど隠れになってしまう前です」

「だから、素直に消してしまって後にはなにも残らないと」

そういうことです。佐吉さんが少し眉を顰めました。

「しかし、ひょっとして訊かれたら嫌なことかもしれないけれど、それがわかっているということは、一度は大人の隠れの力を無理やりにでも消そうとしたことがあるってことじゃあないのかい」

「はい」

嫌なことでした。

「やらなければならないことでした。わたしがやらなければ、周りの誰かが、ひょっとしたらたくさんの人がその命を落としていたかもしれないのです」

詳しくは言いたくありません。考えたくもないのです。考えるだけで身体が震えてきそうです。神楽屋でもそのことには誰も触れようとしません。

「その人は、一年ほど前に亡くなりました。食べることも飲むことも忘れて、ただ、死んでいきました」

わたしの様子になにもかも察してくれたのだと思います。佐吉さんは、謝りました。

「すまなかったね。よくわかったよ。それで、慶太郎はどうなのだい。大丈夫そうなのかい」

「お願いがあるのです」

あぁそうだった、と、佐吉さんが苦笑しました。

「どういう話なのかな」

「佐吉さんの、先読みの力はどういうものですか。この先、菅季屋さんがどうなるのかを見ることはできるのですか」

佐吉さんの眼が、少し細くなりました。

「おるうちゃんは、あたしの隠れを先読み、と、見たらしいけどね」

「はい」

「合っているようで、少し、違うかな」

「違いますか」

「先をきっちり読めるようなそんな力があるんだったら、あたしは商売なんかやっていないね。もっと楽して生きられるようなことをやりますよ」

「では、なんなのでしょうか」

間違いなく、読める力だと感じました。わたしがそれで間違えることはまずないと思うのですけれど。

「あたしは、見立てられるんだよ」

「見立て?」

「見立てて選べるんだよ。なにがいちばん良いのか悪いのか、それがわかるんだ。自分のやることでこれからどうすりゃあいちばん良いのか、いくつかの別れ道の中でいちばん良い結果になるものを選び取れるんだよ。ある意味では、先読みと言ってもいいかもしれないけれどね。その先のことがまるで神様か仏様みたいに何でもわかるというわけでもないんだよ」

選び取れる。

「もっとも、良い道をですか」

「その通り。もちろん、その道は人の生きる道だね。だから良いことばっかりなんてぇのはあり得ない。その良い道を行っても悪いことや悲しいこともあるだろうけれども、別れ道の中では最善のものを選べる」

「見立てる、ということは、佐吉さんの頭の中でいろんな道筋を考え出して、その中でこれだ、というのがわかるということですね」

「そういうことです」

「すごいです。それなら、決して迷いません」

とんでもなく素晴らしい力だと思います。

「いや、そんなこともないんだよ」

「どうしてですか」

「たとえば、別れ道が二本切りってこともないだろう。十本も二十本もあるかもしれない。十九本目と二十本目はほとんど違いはないかもしれない」

「でもいちばん良い結果になるものを選べるんですよね」

「その目指す事柄のために、良い結果というだけのことさ。ひょっとしたらそれは世の中のいちばん嫌いな奴に頭を下げなきゃならない道かもしれない。一月の間も寝込んでしまうような道筋かもしれない。そんな道筋は嫌だろう？」

それは確かに嫌かもしれません。

「だから、目指すところを見誤ったらその選んだ道もまたきついものになるかもしれない。決して素晴らしい道になるというわけじゃない。そもそもだね、その道筋でなにが起こるか全てをわかるわけでもないからね」

それでも、すごいです。

「お願いを、聞いてください」

なにもかも、話しました。菅季屋さんに来てからわたしが見聞きしたこと全てです。けむりののぺら坊のことも、盗っ人のような人が忍んできたことも。

佐吉さんはひとつひとつに頷きながら、わたしの顔を見てしっかりと聞いてくれました。

「たぶん、今日の夜にもけむりののぺら坊は出ます。わたしは盗っ人のような人のことなどは気にせずに、考えずに、ただ慶太郎ちゃんの〈隠れあそび〉を消せばいいのでしょうか。それとも他にするべきことがあるんでしょうか。間違ってしまうときっと慶太郎ちゃんは不幸になります。いちばんの良い道を、それを見立ててくれませんか」

なるほど、と、佐吉さんは頷きます。

「この場合、狙いはただひとつだね？　慶太郎が幸せになる道を選べばいいんだ」

そうです。

「もちろん、菅季屋さんが今まで通りに繁盛するようにもですけれど」

「それは、虫が良過ぎる」

「良過ぎますか」

「いや、言葉がきつかったね」

佐吉さんが、右手の人差し指を立てます。

「求めるものはひとつにしなきゃあ、道がたくさんできてしまうんだよ。理屈はわかるね？　たとえば、美味しいものをたくさん食べたいとなれば、行くべき店はたくさんになってしまう。でも、美味しいお団子を食べたいとなれば、店はいくつかに絞られるんだ」

「そうですね」

理屈は、わかります。

「萱季屋さんが今まで通りに繁盛するのには、たくさんの人の手が必要です。その人たち皆さんの幸せまで考えていては、別れ道が何百本にもなってしまうんですね」

「そういうことだよ」

佐吉さんは、微笑みました。

「慶太郎の幸せだけを願えば、それはすなわち親にとっても幸せなことだ。そうじゃないかい？」

「そうですね」

わたしの親が、わたしの幸せを願ったかどうかはわかりませんけれど。

「親は、子どもが幸せであればそれでいいんですよね」

「そういうものですよ」

さて、と、佐吉さんは息を深く吸い込み、そしてゆっくりと吐きました。

「じゃあ、慶太郎の幸せのために、いちばん良い道を見立てて探して選んでみようか」

「ここでできるのですか」

さて、と考えました。

「この力は、本来はあたしだけのためのものだね。今まで自分のことしか見立てたことはない。そもそも他人の人生など操るものじゃあないよ。けれども、今回は慶太郎のことだ。よく知ってる子どもがみすみす不幸になるのを放っておくわけにもいかない。幸い、見立てる材料は揃《そろ》っている」

「材料ですか」

こくり、と頷きます。

「菅季屋さんのことはあたしもよくわかってるってことさ。忠八さんもおりくさんも親しい仲だ。そこにいる人たちのことを何もかもわかっていないと、道筋を考えてみることはできやしない」

よくわかりました。そうやって見立てるのですね。

「ちょいと静かにしてておくれね」

そう言って、腿《もも》に手を置いて、眼を閉じました。

そのまま、ただ静かに佐吉さんは座っています。なにもしませんし、動きませんでした。本当にただ静かに座っているだけでした。

まるで大地にただ根を張る草木になってしまったようでした。静かに、それでもしっかりと息づく草木。

それも、そんなに長い間ではありませんでした。煙草を一服か二服、つけるほどの間です。

佐吉さんが、ゆっくりと、眼を開けました。

ふぅ、と小さく息を吐き、少し頭を傾《かし》げました。

「なるほどね」

そう言ってから、わたしを見ました。

「まず、盗っ人かもしれない怪しい者の方だが、おるうちゃんは、まだ八丁堀《はっちょうぼり》の皆さんには馴染みがないだろうね」

「お奉行所の同心の方にですか？　ありません」

会ったこともないです。

「では、あたしの方の伝手《つて》で、今晩までに菅季屋さんに顔を出してほしいとちょいと頼んでおこう。おるうちゃんは、その八丁堀の旦那にはなにも話さなくてもいいよ。ただ、顔を見せておけばいいから」

「はい」

「それで、忍び込もうとしていた連中の件はしばらくは落ち着くだろうね」

それから、と、続けて佐吉さんは少し難しい顔をしました。

「あたしから話すのがいちばん良さそうだね」

「同心の方にですか？」

「いいや、菅季屋の主にね」

忠八さんに。

「鉄斎さんや、神楽屋の誰かに来てもらうよりも、顔馴染みのあたしがいちばん効くらしい。おるうちゃんは、なにも知らない方がいいらしい。なにはともあれ、今夜にでもそのけむりの化け物が出てきたら、素直に慶太郎の〈隠れあそび〉を抜いてやるといい。それで、慶太郎は元気になるよ」

それで、ひとまずは終わりますよ、と。

＊

北町《きたまち》奉行所定廻《じょうまわ》り同心の、堀田州次郎《ほったしゅうじろう》様が菅季屋さんにやってきたのは、七つの刻の頃でした。

「これは、お役目ご苦労様でございます」

すい、とのれんを分け入ってきた堀田様におりくさんが言い、お店にいたわたしは思わず目を丸くしてしまったと思います。

「北町奉行所定廻り同心堀田州次郎です」

初めまして、と、堀田様が頭を下げました。わたしは、お武家様がこんなふうに頭を下げるのを初めて見ました。

驚いてばかりでしたけど、それをぐっと隠して黙ってお辞儀をします。そして、佐吉さんはきっと数ある同心さんの中でも、堀田様を選んで、もしくは頼んでここに寄越したのだと思いました。

堀田様も、隠れだったからです。

でも、堀田様は。

(これは、この方は)

初めて、会います。

ひなたの隠れ。

「特に用向きではないのですよ。この辺りにはまだ廻りをしていませんでしたので、ご挨拶がてら、煙草を買って行こうかと思いまして」

堀田様が笑顔で言います。まるで役者にしてもいいのではないかと思うほど、堀田様のお顔はお人形のように整っているので、まるで舞台の上で演技をしているみたいです。

まさか同心さんに隠れの人がいるとは、思いもしませんでした。

けれど、ひなたの隠れならば、頷けます。そうでなければ同心などできやしないでしょう。

とても、強い隠れです。

こんな人が隠れの中に、本当にいたのだな、と、少し嬉しくなりました。

菅季屋さんに顔を出したのは初めてとのことで、特になにもないけれども挨拶回りだと言っていました。なにか、御用のことで困ったこととか噂話《うわさばなし》でもないかい、と、忠八さんやおりくさんと話していました。

わたしも、ご挨拶をしました。佐吉さんに聞いていたんだと思います。子守に来ているると言っただけで、そうかいご苦労さんと、微笑んでねぎらいの言葉をかけてくれただけでした。

堀田様はすぐに帰っていきましたけれど、きっとまた会えると思いました。

その夜です。

佐吉さんの言うように、けむりののぺら坊はまた現れました。今度は、慶太郎ちゃんの寝ている部屋にです。

待っていたわたしは、すぐに慶太郎ちゃんのおでこに手を当てました。

手を当て、願います。

おとなしくなりますように。

二度と、出てきませんように。

すい、と、なにかが抜け出るのがわかって、そうして、踊るように動いていたけむりののぺら坊も消えていきました。煙草のけむりが消えていくように。

慶太郎ちゃん、朝になって元気に飛び起きました。本当に、元気にです。忠八さんもおりくさんも、涙を流さんばかりに喜んでいました。

念のためにわたしはもう一晩泊まっていって、けむりののぺら坊が出ないことを確かめてから神楽屋に帰ろうと思っていました。元気になった慶太郎ちゃんと遊んであげようと考えていたのですが、その日、忠八さんが旅支度をして菅季屋さんを出て行きました。なんでも煙草の葉の仕入れ先を訪ねるのだそうです。遠く薩摩《さつま》の国までも出掛けて行くので、しばらくは戻らないと。

急なことだったらしく、おりくさんも驚いていました。刻みの方は職人さんがいるので、忠八さんがいなくても大丈夫らしいのですが。

元気になった慶太郎ちゃんも淋《さび》しがりましたが、お土産をたくさん買って帰ってくるからな、と、忠八さんに頭を撫でられて、頷いていました。いい子で待っていると。

これが、佐吉さんの見立てた、道筋だとすぐにわかりました。

遠州屋さんを訪ねると、佐吉さんはわたしが来るのを待っていたかのように、美味しいお団子を用意してくれていました。

「菅季屋がね、江戸で五本の指に入る煙草屋と言われているのは、もちろん知っているだろう？」

「そう聞きました」

「お店の様子も見たろう。なにがいちばん売れていた？」

「たぶんですけれど、袋物です。煙草入れはもちろんですけれど、煙管も。それから巾着も。女の人がたくさん買いに来ていました」

「煙草は、売れていたかい？」

「売れていました。でも、それがたくさん売れているかどうかは、わたしにはわかりません」

うん、と、佐吉さんは頷きます。

「煙草はいくら売れたって、高が知れているんだよ。おりくさんに、才があるのさ。菅季屋がここまで大きくなったのは、おりくさんの意匠による煙管や袋物が売れているからだよ。歌舞伎役者や花魁までもが今はおりくさんの贔屓筋だ」

そう言っていました。

「あたしの眼から見ても、おりくさんの腕は大したものさ。商才というんじゃあない。きれいなものを作り出す天与の才がある。それに加えて明るい性格が商売にも向いている。つまりは萱季屋はおりくさんの店だと言っていい。元々は、忠八さんが始めた煙草売りだったとしてもね」

そういう話をするということは。

「やきもちというものですか?」

「そうなのかもしれないね」

忠八さんは、自分の女房であるおりくさんの才に嫉妬していた。

「自分がいなくても、萱季屋は繁盛していくと思っていたのでしょうか」

「思っていただろうね。忠八も馬鹿じゃあないし、真面目で腕の良い職人だよ。そういう職人は仕事の筋というものをきっちりわかっている。だから、ずっと心の奥底で気にしていただろうね」

あのけむりののぺら坊は。

「ひょっとして、忠八さんだったのでしょうか。忠八さんは、慶太郎ちゃんの親ゆえに、隠れの力を引き出してしまっていたのでしょうか。そういう力があったのでしょうか。だから佐吉さんは忠八さんに旅に出るようにとお話ししたのですか」

佐吉さんは、少し首を傾げました。

「あたしには、それはわからない。隠れではなしに、そういう力の質みたいなものがあったのかもしれないね。なにせ、親子なんだから」

忠八さんは、ずっと苦しんでいた。嫉妬していた。自分ではなくおりくさんが店を大きくしていくことに。

その思いを、苦しさを、辛《つら》さを、嫉《ねた》みを、慶太郎ちゃんが感じ取っていた。隠れの力で。

それが、けむりののぺら坊を生み出した。

「おるうちゃんがそう感じて、思ったのなら、そういうことなんだろうね」

佐吉さんが、思いついたように煙草盆を引き寄せ、煙管に煙草を詰めて、火を点け、吸います。

「これも、萱季屋さんで買ったものだ。煙草の草以外は、全ておりくさんが考え作った品だよ。本当に、良いものだよ」

「もしも、忠八さんが帰ってきても、忠八さんのその思いがある限りまた慶太郎ちゃんの隠れの力は出てくるのではないでしょうか。わたしは消しましたけれど」

また新しく出てこないとも限りません。

「まぁね」

ぽん、と、佐吉さんは煙管を叩いて火を落とします。

「忠八さんがこの旅で思いを巡らせて、さっさと見切りをつけて、髪結いの亭主よろしく自分は刻みをしていればいいと決めてくれればそれで済むのだろうけれどもね」

済むのでしょうか。でも、佐吉さんが決めた見立ての道筋です。これが、慶太郎ちゃんの幸せに繋がる最善の道なのでしょう。

それを信じることにしました。

「あの盗っ人のような人は、何だったのでしょうか。同心の方がお店に顔を出しただけでもう来なくなるのでしょうか」

佐吉さんは、小さく頷きました。

「今のところは、かな」

「今のところ、ですか」

もう一服、佐吉さんは火皿に煙草を詰めました。

「商家もね、大店に近くなってくるといろいろあるんだよ。あそこにはお金がありそうだとなれば、悪さを考え探りにやってくる連中はいる」

それは、わかります。

「たぶん、おるうちゃんが見たのもそういう連中だろう。下見に来たのかもしれないし、小物が忍び込もうとして、おるうちゃんがいたので諦めたのかもしれない。どっちにしてもね」

火を点けて、吸いました。けむりが流れます。

「これから先のことは、おるうちゃんはまだ知らなくていいことだよ。乗りかかった舟だ。この遠州屋佐吉に任せておきなさい」

「ありがとうございます」

頭を下げました。

「鉄斎さんにもそう伝えてくださいな。いずれあたしの方から話をしに伺いますとね」

「わかりました。あの、もうひとつ」

「なんだい」

堀田様のことです。

「あの方は、ひなたの隠れですよね。ご存知だったのですか、ああいう方がこの江戸に、同心さんとしていらっしゃるというのは」

佐吉さんが、少し嬉しそうに微笑みました。

「あたしもね、ついこの間、初めてお会いしたばかりなんですよ」

ざりば講

(これはこれは)

両国稲荷《りょうごくいなり》に向かう途中、両国橋の真ん中で立ち止まり、思わずそう口にしそうになってしまったのを喉の奥元で、くい、と押し留《とど》めました。

そこでなにか起こったわけじゃあございません。

彼を目にしたその刹那に息を止め嘆息し、胸の内で手を打ち笑みをこぼしてしまったのですよ。およそ今までの人生で初めてのことでしょうね。

彼の、そのあまりにも凜《りん》として良い佇《たたず》まい故、としか言えません。

まだ見習い同心なのかどうか、その黒紋付きの巻羽織《まきばおり》はそれほど様にはなっていませんが、墨縞《すみじま》の着流しは妙に身体に馴染んでいます。八丁堀風の小銀杏《こいちょう》もいかにもしたてで新しく品良く流れ、その下の目元も涼やかです。

何よりも、まるで赤子のような真白さとあどけなさに満ち溢《あふ》れたその瞳を、あたしは無遠慮にまじまじと見つめてしまいそうになったのです。

いや、実際に見つめてしまいました。

まばたきを二度三度するほどのほんの僅かな間だったと思いますが、確かに見惚《みと》れてしまい、そしてそれに、お顔に目をやっていたのに気づかれてしまいました。

何を見ていたのか、欄干に軽く手をやり大川《おおかわ》の流れに顔を向けていた若き同心さんは微かに首を傾けるようにこちらを見て、にこりと微笑んだのです。

「なにかありましたか？」

無遠慮に見つめていたのを訝《いぶか》しむことも咎《とが》めもせず、彼は右手をすい、と袖から抜き、掌をくるり、と上に向けます。なにか用があるのならどうぞ、という仕草でしょうが、およそ武士たる者のする仕草ではありません。

右手をこうも簡単に相手に開けてしまっては、事が起こったときに刀の柄《つか》に、同心ならば十手《じって》に手をやるのが遅れてしまうでしょうに。

（いや、それは）

ひょっとして彼は、今ここではなにごとも起こらないという気をごくあたりまえに察していたのかも、と気づきました。

彼は、隠れ。

それも、ひょっとしたら、ひなたの隠れ、なのかもしれませんね。

その気配が良い佇まいを作り出していたのかもしれません。

「これは失礼いたしました。お役人様があまりにも亡き弟に似ていたもので、つい無遠慮に見つめてしまいました。ご堪忍くださいませ」

弟さんに、と、小声で呟《つぶや》きその瞳の光が微かに揺れます。憐《あわ》れみの気持ちがそのまま表れることにまた驚きました。

もちろんこの場を収めるための、見惚れてしまったことをごまかす方便でした。あたしに死んだ兄はいますが弟などいやしません。兄すらまるで似ていません。

ですが、この若き同心さん、面の形はあたしと同じ瓜実顔《うりざねがお》です。さほど怪しまれはしないでしょう。

(しかし)

この旦那、同心としてやっていけているのでしょうかね。

感情が本当に素直に目の光に表れる。子どもや赤子ならそれはいかにもで可愛がられたとしても、八丁堀の旦那がそんな風情ではどうも心もとない。

しかしそれもひなたの隠れ故なのでしょうかね。

「あたしは神田佐久間町で秣商を営んでおります。佐吉と申します」

「佐吉さん」

若き同心さんは、くい、と顎を少し上げて向こうの神田川の方を見やります。

「神田佐久間町で秣商となると、遠州屋さんですか」

「はい、左様でございます。遠州屋佐吉でございますが、ご存知でしたか」

それはもちろん、と、頷きます。

「秣商では江戸一番の大店ですからね」

そう言われたところで、ふいに思い出しました。

三月《みつき》ほども前の冬、大雪が降った日でしたか。

北町の定廻り同心堀田惣一郎《そういちろう》様が急な病でお亡くなりになったと番頭の五平に聞いたことを。そして同心株はそのまま息子が継いだであろう、と話していたのを。

ここのところ、家督を継いだ若い同心がいるという話はそれきりしか耳にしていません。

で、あればこの方は。

「ひょっとして、北町の堀田様でしょうか」

にこり、と微笑み頷きました。

「北町奉行所定廻り同心堀田州次郎です。ご覧の通りの未熟者ですが以後よろしくお頼み申します」

同心さんに、いやお武家様に挨拶とはいえこうも軽々と橋の上で頭を下げられたのは、またしても生まれて初めてのことです。しかもまるで嫁になる娘の父親にでも会ったかのような丁寧な言葉遣いで。

本当にこのお人は、なんというか。

堀田州次郎さんは、ぐるりと辺りを見回します。

「お店もすぐ向こう側でしょうから、ここらは日頃よく歩かれるのでしょうか」

「それは、もちろんです」

およそ秣を必要としないところはありません。界隈《かいわい》どころか江戸市中全てに秣屋は足を運びます。

そう言うとこくり、と頷き、こちらをすい、と見つめます。まぁその瞳の本当に涼やかなこと。目つきが命の歌舞伎役者にだってこうも輝きを放つお人はそういないでしょう。

「ひとつお聞きしたいのですが」

「なんでございましょう」

「この辺りを、墨色の屋形船が通って行くことがあるという話を聞いたのですが、遠州屋さんは見かけたことはありませんか」

「どうぞ佐吉でけっこうでございます。墨色の屋形船、ですか」

そう、と頷きます。

「墨色というのは、舟のどこそこがでしょうね」

「聞いた話では、船体も屋根も櫂《かい》も、障子紙さえもわざわざ墨色にだとか。それも夜の川面《かわも》にこそ自然に溶け込むような風合いの」

「障子紙までも」

首を傾げてしまいます。

「そんな舟の話はとんと聞いたことも、むろん見たこともありませんねぇ。舟全部が暗い墨色というならば、それはかなり目立つでしょうに」

「昼日中になら、ですね」

昼日中になら、というところで少し言に意を込めましたね。

「つまりそれは、夜にしか出さない、出せない舟、ということでございましょうかね」

人目につかないように。

舟全部を川面に溶け込ますように墨色に塗るというのは、それきりしか理由は思い当たりません。

「本当のところはわかりません。ですが、そうとしか思えないでしょうね。昼日中に全て墨色の屋形船が通っていれば、誰もが見かけているでしょう。ましてやわざわざ障子まで墨に染めるなどとは」

「その姿を人目から隠す以外のなにものでもありませんね。しかも、昼日中にはその舟を隠しておく場所も必要になりましょう」

確かにそうに違いない、とあたしに向かって頷きました。

「屋形船一艘（いっそう）隠すのは、そうそう簡単な話ではないと思うのですが」

「そうでございましょうね」

小舟ならばどこぞの川っぷちの葦《あし》の中にでも隠せましょうが、それにしたって江戸市中ならば大抵の川っぷちは人は通ります。ましてや屋形船となると。

「大きな舟屋でもなければ無理でしょうね」

しかしそんな屋形船の話は本当に聞いたことがありません。

「これは、何か御用の向きのお話でしょうか」

「まぁ、御用と言えばそうなのですが」

堀田様の目の動きでようやく気づきました。橋のたもとの方で誰ぞの話を聞いていた、朱色の股引《ももひき》に矢絣小袖をからげた四十絡みの男がこちらに向かって早足で歩いてくるのに。

「州次郎さん」

やいとの吉次《きちじ》さんでしたか。

なるほどと得心します。これでようやく繋がりました。隠れが同心に、と少しばかり訝しんではいましたが、吉次さんは岡《おか》っ引《ぴ》きとして堀田惣一郎様の家宅に住み着きでいる人です。間違いなくこの堀田様は、堀田惣一郎様の跡継ぎなのでしょう。

「こりゃ遠州屋の旦那じゃありませんか」

「吉次さん、お元気そうで」

言うと、吉次さんはそのいかつい四角の顔に似合わない優しい笑みを浮かべます。

「ほんとうにご無沙汰で。こんなところで州次郎さんと立ち話ですかい」

「いや、あたしはお会いするのは初めてでしてね。こうして御挨拶をしていたところです」

吉次さん、淋しげな顔を見せて頷きます。

「堀田の惣一郎の旦那ぁ、顔繋ぎをする間もなく逝っちまいましたんでね」

「そうなんですってね」

あたしは商家の主としての顔見知り程度でしたが、堀田様の父上であろう同心堀田惣一郎様は、慈愛に富み清廉潔白な定廻り同心として、商人はもちろん関わる町の人みんなに慕われていた方のはず。

それはこのやいとの吉次さんもそうですよ。岡っ引きとしては珍しく、いやほとんどただ一人と言ってもいいぐらいに裏表のない人です。それはよく知っています。

「それで」

吉次さんがほんの少し眉を顰めて、自分より一尺も背の高い堀田様を少し見上げるようにして言います。あたしをちらりと見たのは、この場で言っていいかどうかを確かめたのでしょう。

堀田州次郎さんがこくりと頷きます。

「神田佐久間町の佐吉さんはこの辺りにも詳しいだろうから訊いてみたけれども、見たことも聞いたこともないそうだ」

「そうでしたかい。あっしの方もからっきしですね。そこらの裏店の居職連中から夜鷹にまでも訊きやしたが、そんな屋形船は見たこともないと」

ふぅ、と息を吐き頷きます。

「しょうがない。そもそもが雲を摑《つか》むような話なんだ」

どうやら確かな目当てがあっての探索ということではなさそうですが、あたしが首を突っ込むことでもなかろうとなにも言わずに訊かずにいました。

が、吉次さんがまたあたしを見ます。

「ここで遠州屋さんに会ったというのも、縁ですかね」

「縁、ですか」

橋の両端人の縁、などと言いますから、まさしくこの橋の上で初めてお会いできたのも確かに縁でしょうけれども。吉次さんの言い方は最初からその雲を摑むような話の中にあたしが、もっと言えば遠州屋が入っていたような口ぶりでしたね。

州次郎さんが少しく唇を引き結んでから、小さく頷きました。

「これは御用の向きでもなく、頼みなんですが佐吉さん」

「なんでございましょうか」

「今日の今日ではお仕事もあり無理でしょう。後日でいいので時間を取って、少し話を聞かせてくれませんか」

「それはもちろん、ようございますが」

いったいなんの話、とは訊きません。

商いの話ではないことだけは確かでしょうから。

「明日は、生憎《あいにく》と近くの秣場を廻ってこなければなりません。明後日《あさって》ならば店におりますのでよろしいでしょうか」

これは方便でもなんでもなく、本当のことです。江戸一番の秣商の名は伊達《だて》ではありません。どこか遊び人風情で商家の主には見えないと揶揄《やゆ》されるあたしも、実のところは忙しくさせてもらっているのです。

「構いません。では八つを目安に、お店にお邪魔させて頂きます」

お待ち申しております、と、頭を下げました。

＊

「なんだい珍しいね、佐吉《さき》っつぁんがそんな話で酒を飲もうなんて」

「まぁね」

やつ橋蕎麦の二階に読売《よみうり》の新吾《しんご》を呼び出したのは、昨日の今日の夜です。

大体があたしは慎重さが身上のような男ですからね。いかに身になんの覚えがなくとも、なにを訊かれるのか相手はどんな男なのか、まるでとっかかりも様子もわからないままにお役人さんと差し向かいなんてのは、ちょいと困ってしまいます。

「若い同心はどんな奴だと訊いてきたなんて、誰にも内緒にしておくれよ」

新吾はくい、と猪口《ちょこ》を空けながら頷くという器用な真似で答えます。

「んなのは人に話したって面白い話でもねぇだろう。せいぜい怖いもんなしの狂歌人梅屋《うめのや》鶴子《かくし》にも弱みがあったかって吹聴されるぐらいだ。察するに、蚊に刺されたほども痛くねぇ腹でも探られたのかい？　堀田の若旦那に」

若旦那ね。本当にそんな感じだよ。

「そんなところだね」

「八丁堀の堀田州次郎様ね。もちろんよく知ってるさ」

「代替えのときには瓦版にも刷ったんじゃないのかい？　あたしは目にしてはないけれども」

もちのろんだ、と新吾が墨っぽい手を広げる。

瓦版屋は、摺《す》り師《し》だろうが売り子だろうが、ほとんど指先は墨っぽくなるもんですよ。

指先が白っちい男が瓦版屋と名乗ってきたならば、そりゃあまずが嘘っぱちか騙《かた》り詐欺の類いと思えばいいぐらいに。

「お地蔵同心、仏の堀田惣一郎の跡を継いだお人だ。しかも役者どころか花魁化粧させても映えるンじゃねぇかって色男さんだよ。似顔絵も役者絵みてぇにした瓦版も売れに売れたぜ？　ご本人様にはもう会ったんだろ？」

「会ったよ。まさしくそんな感じだったね」

ただし、人はただそうやって見た目の良さばかりを言うだろうが、あの人の良さはそんなところにはないね。

心根じゃない。またその奥に潜むものだよ。それは明日もお天道さんが東から昇るぐらいに間違いない。

それがわかる人間も本当に少ないだろうけれどもね。

「けどまぁ、見た目通りのいい男って評判だぜ。今んところは女癖が悪いなんて噂もひとつも入ってこねぇし、どこぞで袖の下欲しさに掌を広げたってこともねぇと思うぜ」

「そうかい」

「なんたって仏の堀田の跡目だぜ。んなことした日にゃあっという間に噂話が広がっちまう。なんだよとんだ馬鹿息子かよそれじゃあがっかりだ、ってな」

「確かにね」

そうだろうと思う。

仏の堀田、お地蔵同心という呼び名は何度も聞いたことがある。

そもそも同心さんは世の悪党どもを取り締まって捕まえればそれだけでいい商売なんだが、悪党じゃあない市井《しせい》の善人たちの日々の暮らしを守ることこそが己の使命と考えるようなお人だったとか。

「堀田惣一郎様とはほとんど会ったことなかったんだが、話通りの人なんだね」

そりゃあもう、と新吾は腿を打った。

「こりゃあ瓦版には書けなかった話だけどな。いつだったか、三年も四年も前か。呉服屋の京橋屋《きようばしや》の娘に、裏店の子持ち女が刺されたことがあったろう」

「あぁ、あったね」

よく覚えていますよ。ひどい話だった。

「横恋慕どころか、狂った勘違い娘の話だったね。惚《ほ》れた男の子どもを産んだ女と思い込んで、後をつけ回して長屋に押し掛け包丁で刺したんだったかね」

「それよ。それを調べたのが堀田様だったんだがな。実際にその子持ち女は母一人子一人だったんだよ。料亭で働いててよ、気立ても良く優しい母親だったのによ。その頃まだ五歳だった可愛い盛りの息子が天涯孤独になっちまった」

「その女の旦那はどうしたんだっけね」

「どこぞの藩の浪人で、用心棒仕事をやってて盗っ人に殺されちまったって話だが、本当かどうかは結局わからんかったな」

よくある話と言えばそれまでだけど、長屋住まいの浪人がいつの間にか姿を消しちまったってことの多さと言ったら。

「それでまぁ、本当なら長屋の大家がその子どもの行く先をちゃあんと考えてやるって話だけどよ」

「それがごうつくばりの大家で、そこらの見世物小屋《みせものごや》の下働きにでも身売りさせたってことかい」

そういうこった、と、酒を呷《あお》る。

「実際に売られたんだよ。荒物商の太兵衛《たへえ》って野郎にだけどよ」

「あいつかい」

そういや、幾度か顔を合わせたことがあった。

「それを惣一郎さんが見咎めてな。ごうつくばりの大家をとっちめて子どもは買い戻してよ。ちゃあんとした商家を自分の足で見つけて、立派な商人に育ててやってくれよと縁結びさせたって話さ。そこが見つかるまでのしばらくの間は、自分の家で我が子のように世話してやってたってことだぜ」

お役人様といっても、八丁堀の同心ぐらいでは大した暮らし向きでもないのさ。

中間小者《ちゅうげんこもの》から岡っ引きや下っ引きまで、自分の禄《ろく》で面倒見てなんぼの暮らし。捕物《とりもの》で一番手柄二番手柄を争って御褒美を貰って喜ぶようなもんなんですよ。だから、市中見廻りで袖の下を貰うような八丁堀が横行しちまう。

仕組みがいけねぇんだと、商人の目からしたら思ってしまう。この広い江戸八百八町をくまなく取り締まるのに、肝心の外廻り同心の数が少な過ぎるんですよ。

店を仕切る人間が少なきゃあ、繁盛店でも売り上げが減っちまうのはあたりまえの話。さばき切れなくて品物を買わずに帰っちまうお人や、品物を黙って持って行っちまう人もいる。今の江戸はまさにそんなふうさね。盗っ人が現れたところで、御用御用とやってくる人がいなくっちゃあどうしようもないし、ますます盗み働きで濡れ手に粟《あわ》の連中が増えていく。

その中で、ただ自分が御用で調べただけなのに、縁もゆかりもない子どもの行く末まで面倒見てやるなんて真似は。

「そりゃあ大変だったろうにねぇ。惣一郎さんのご内儀もさぞや優しい方なのだろうね」

「だろうさな。それで、跡目を継いだ州次郎の方だけどな。実子の方は死んじまっていて、養子って話だ」

「あぁ、そうかい」

親子ならどっか似ててあたりまえですけれど、道理で州次郎さんからは何度か会ったはずの堀田惣一郎様の面影はまったく読み取れなかった。養子ならさもありなんですね。

「どっからの養子かまでは聞いちゃいねぇし瓦版屋が調べるようなことでもねぇけどさ。おおよそ、そのご内儀さんの方の親戚筋だろうって話は出ていたな」

「そうなのかい」

珍しい話じゃぁありません。武家だろうと商家だろうと農家だろうと、跡取りが生まれなければ然《しか》るべきところから養子を貰う。

「ま、堀田の若旦那についておれが知ってるのはそんなところかな。あぁ年はまだ二十一だ。北町始まって以来の若さってことだぜ」

「その若さでさっさと見習いが取れたってのも、仏の惣一郎様の人徳故ってことかね」

普通なら、見習い同心として他の定廻り同心の後ろにくっついてしばらくは過ごすはずだけど、昨日の州次郎さんは一人でいたね。

「それもあんのかな。けど、若いのにかなりの切れ者だって話も出てるぜ。腕の方も新《しん》陰《かげ》流の皆伝持ちってな。なんにせよ佐吉っつぁんに後ろめたいところがねぇなら気にすることっちゃないさ」

そうだろうとは思いますが、気になるのは訊かれたことの方で。

「なぁ新吾よ」

「何もかも、障子まで墨色に塗られた屋形船の話なんざぁ聞いたことあるかい？」

「おいさ」

「屋形船？　墨色の？」

　さてな、と、天井を見上げて首を捻《ひね》るってことは知らないね。

　この男の頭ん中ときたら、幾千もの引き出しが詰まっていて見聞きしたことはほぼそこに仕舞われていつでも取り出して掌に載せられるってんだから。まさしく瓦版屋になるべくしてなったような男さね。

「障子まで墨色ってことは、あれかい。夜中に誰にも見つからないように出す舟ってことかい」

「そうとしか思えない話なんだけどそれぎりしかわからないのさ。あたしはとんと聞いたことないんだけど」

　俺もねぇなぁ、と言いながら銚子《ちょうし》から酒を注《つ》いだ新吾の手が、ぴたり、と止まったね。

「いや待てよ」

「あるのかい」

「屋形船じゃあねぇし、ちょいと怪談めいた話になっちまうんだけどな」

　怪談にはまだちょいと季節が早いけどね。

「音のしねぇ柿渋色の大八車の話なら聞いたことあるぜ」

音のしない大八車。

「音がしないというのは、その言葉通りかい。荷を運んで通りを走っているのに、車が回ってる音も、荷台で荷物が跳ねる音もまるでしないってことなのかい?」

「そういう話だよ」

「そんな大八車は」

作れっこないだろうに。

「亡者の火車《かしゃ》だって、がらがらと音を立ててやってくるって話なのにね」

「その通りだけどよ。新月の夜にな、荷台に死体を何体も載せて運んでいるのに、がらがらもみしみしもごろごろもまったく音が聞こえてこねぇんだそうだ。こう、すいーっ、と流れるように走ってゆく。聞こえるのは黒装束の引き手と押し手の息遣いだけだとさ」

そりゃあ。

「確かに怪談めいてる話だけど、妙になんもかもが具体的だね」

「そう思うだろ? おれも最初に聞いたときにはまるで見てきたような話じゃねぇかって考えたよ。どうして運んでんのが死体だとわかったのか、なんで新月の暗闇ん中で大八車の色が柿渋色だってわかんのかってね」

「しかも、屋形船と同じような話になっちまっているね」

だろう？　と新吾が手を広げた。

「おれもそこで繋がって思い出したのよ。どっちも闇夜ん中でなんかを運ぶためのもんだわな、ってな」

そういうことだね。

闇夜になにかを運ぶのは、盗っ人が盗んだ金か、悪徳商人のご禁制の品かと相場が決まっているようなものだけれども。

仏さんを運ぶ車とは、そりゃあぞっとしないね。

「それは、どこからの話なのか見当がついているのかい」

「それがよ」

顔を顰めて、顎を擦《こす》って言い難《にく》そうだね。

「長崎町の酒問屋で玉造屋《たまつくりや》というのがあったろう」

「あったね。霊岸島《れいがんじま》のだろ」

それで、思い当たった。

「まさか新吾。玉造屋といえば」

「それよ」

人差し指を立てた。

「もう五年六年も前になるか？　家のもんが子どもを残してほぼ全員一夜を境に行方不明になっちまったよな。そん中で一人残っていた大人の婆《ばあ》さんがそう言っていたらしいんだがよ。生憎とその婆さんは、そんときはもう頭が耄碌《もうろく》しちまっていて、何を言っても誰も信用しなかったらしいんだ」

思わず顔を顰めちまいましたね。

「そこまで細かく話したってことは、死体を運ぶ音無しの大八車も、あながち惚《ぼ》けた婆さんの世迷言《よまいごと》でもないかもしれないってことかい。ひょっとして家のもん全員が殺されて運ばれたってことかね」

肩を竦《すく》めて新吾が猪口を空けた。

「そうは思ったけどね。おれがこん話を聞いたのはことが起こってから二年も過ぎた頃でな。瓦版の草にするにはすっかり枯れちまってたから、なんにも書かなかったし調べもしなかったけどな。なによりも、家ん中には荒らされた様子も、血飛沫《ちしぶき》もなんにもなかったのよ。布団だってきちんと敷いたまんまで寝た跡さえなかったんだから、婆さんの話も信用できねぇってなったんだよ」

「お調べになったのは誰なんだい」

「そんときは南町《みなみまち》の番だったはずだな。少なくとも北町の仏の惣一郎様じゃあねぇな」

「そうかい」

しかし、確かに気になるね。

「屋形船と、大八車、か」

さて、大八車は関わりない話としても、堀田の若旦那、州次郎さんは何をお調べになっているのか。

＊

花見の頃もとうに過ぎて灌仏会《かんぶつえ》で甘茶の匂いが漂えば、そろそろやってくるかの初鰹《はつがつお》。

そもそもあたしは鰹はそんなにも好きでもないし強いて食べたくもないのだけれども、これが稼いでいる商人の悩みどころ。

大店のお前さん方が贅沢《ぜいたく》をしてくれないで誰がするってんだと、欲しくもないのに魚屋が今年はどこのどなたさんに届けやしょうかねと、まだ獲《と》れてもいない魚の数を勘定しに帳面片手にやってくる。

州次郎さんがやってくるという日の朝にそんな話になったもんだから、よっぽど一匹余計に貰って差し向かいで初鰹と洒落《しゃれ》込もうかと思ってしまったけどね。思いとどまりましたよ。

まだ一度しか会っていない同心さんに、どんなお目こぼしを頼むんだと思われちまったらお互いに迷惑でしょうからね。

（さて）

朝の膳を片づけていたお種ばあさんに声を掛けましょう。

「お種さん。八つの頃に八丁堀の旦那が来るんでね。羊羹でもお二人分揃えておいてくださいよ」

「あらま、珍しい。何かしでかしましたか佐吉さん」

「やらかしませんよ。なんでも大事なお話なんだそうで、その時分は誰も奥に通さないでおくれ」

少し考えました。

「扇屋《おうぎや》にしましょうか」

「三葉屋《みつばや》にしようかね。甘いものが嫌いな方も多いでしょうからね。あすこのは甘味が程よくて豆の味が強いから」

八つを四半時も過ぎた頃でしょう。

州次郎さんが吉次さんも連れずにお一人でお店にやってきました。羊羹が一人分余りますね。

店といっても秣屋は秣を集めて届けて売るのが商売。小間物問屋や呉服屋のように棚や座敷に華やかな彩りのものなど並んでいません。彩り豊かな秣などというものがあったら驚きますがね。

店の正面には帳場があるっきりの色気なしです。もちろん、秣売ってくれやとお客様が引っ切りなしにやってくる、などということもそうそうありゃあしません。

その分、神田川に面した店裏の揚場河岸《あげばがし》の蔵の周りは引っきりなしに大八車や秣運びが出入りし、馬の声も響き賑やかなものです。

「独り身でしてね」

奥の座敷にお通しして、身の回りのことをやってくれるお種ばあさんが盆に載せた湯呑みと菓子を持ってきて下がったところで、州次郎さんにそう言います。

「気楽な分、お客様にも愛想もなにもなしで相済みません」

「いいえ、客などではありませんから」

そう言って湯呑みに手を伸ばし、すい、と持ち上げ一口飲みます。そのなんでもないはずの所作が優雅に見えることこのうえなく、このお人は一体全体どこでどのような育ち方をしたものなのか。

つと、州次郎さんが障子の向こうに目をやりました。白壁の土蔵の向こうでは荷が引っ切りなしに運ばれています。

「先ほど河岸の方を見てきたのですが、秣屋さんには馬が存外にたくさんいるものなのですね」

「そうでしょう」

秣屋に足を運ぶ人は限られていますからね。どんな様子かを知る人も多くはいませんでしょう。

「売り物の秣の味を確かめるために、馬に味見をさせているんですよ。馬も喰《く》わない秣は売れません」

「えっ、そうなのですか？」

「冗談です」

これを言うと必ず人は驚き笑います。州次郎さんも目を丸くさせたあとに、肩で笑います。

「馬に草の味がわかるのかと少し驚きました」

「馬はどんな秣でも食べます。秣を喰わない馬はただの病い持ちですね。とはいえ、馬によってはやはり好みがあるようですよ」

「本当ですか」

「草の味のことはさすがにあたしもわかりませんが、どうも柔らかいか固いかぐらいの好みは馬によってはあるみたいでしてね。納めるところの馬によっては、その秣の違いに気遣うこともあります」

なるほど、と、頷きます。

「秣と一口に言ってもいろいろな干し草があります。秣が育つ土地によっても違ってきますし、秣に混ぜものをして食べさせれば、また、馬の育ち方が違ってきます」

「秣になにかを混ぜるのですか？」

「糠《ぬか》やら、豆の油などですよ。およそ馬の身体に良さそうなものなら食べさせてみます。馬を飼っているのは、そうやって、馬が気に入ったものを食べさせて成育の様子を見るためです。同じ馬なら体格の立派な方、毛並みが立派な方、速く走れる方がよいでしょう。それにはこの秣をどうぞ、という商売になります」

ほう、と、目を丸くしましたね。ぽん、と腿も打ちました。

「それは、まったく知りませんでした。いやしかし聞かされれば至極頷けます。なるほど商売というものは知れば知るほど奥が深い」

「とはいえ、馬の成育には何年も掛かりますからねぇ。あたしのこのやり方もつい最近になってようやく目処《めど》がついてきたようなものでして」

「いやそれでもです」

ほとほと感心したというように首を軽く振ります。こういうお人は、新しい物事を始めたら砂が水を吸い込むように自分のものにしていくのでしょう。免許皆伝というのも頷けます。

「貴重なお話を聞かせてもらい、肝心のこちらの話をする前から不調法《ぶちょうほう》ですが、お菓子をいただきます」

「どうぞどうぞ。そこの三葉屋というところの羊羹なのですが、実に旨いです」

黒文字を指で挟んで羊羹を切りました。なるほどこの所作は間違いなく茶の湯を嗜《たしな》んでいるのでしょう。

「甘いものは、お好みですか」

訊くと、少し恥ずかしげな様子を見せて微笑みます。

「実を申すと、男のくせにと笑われますが酒よりこっちの方が好きでして」

「あたしもなんですよ」

「そうなんですか？」

「酒は酒でそれなりに飲みますが、甘いものを食べるといつも頭がすっとしましてね。日に何度も食べたりします」

あぁ、と、頷きます。

「なんでも話では、甘いものは頭に効くんだとか言いますね。身体の滋養とは別にあるとか」

「おや、そうなんですか」

「父がよく言っていました」

「惣一郎様がですか」

あぁ、と、頭を少し横に動かしました。

「わたしは、養子です」

聞いていたのに、知らないふりをします。

「血の繋がった跡継ぎがいたんです。作之進《さくのしん》という方が。しかし養父《ちち》が亡くなる一年ほど前に、これも急な病でお亡くなりになったのですよ」

「それはまた」

堀田家にとっては立て続けにとんでもない不幸が降り掛かったというわけですか。

「たった二年の間にとは。それは奥方様もさぞやお力をお落としに」

そうですね、と、少し息を吐きます。

「作之進殿が亡くなられたときのことはわかりませんが、養父が逝ってしまったときには、それはもう」

察してあまりあるとはこのことですか。

「お母上の様子は、今はどうですか」

「養母《はは》のきぬ殿は気丈な方です。もう今は堀田を継いだわたしがお役目をきちんと果たせるようにと、毎日の飯の支度から家事一切をこなしています」

きぬ、というお名前なのですね惣一郎様のご内儀は。

「それで、作之進殿が身罷《みまか》られたときに、養母の縁戚であったわたしに養子の声が掛かりました。わたしは四谷の内藤新宿の治嶋《はるしま》家の次男坊でした」

それでは堀田家の同心株を継ぐことになって、まだ二年足らずということですね。四谷内藤新宿の治嶋家とはさっぱり知りませんが、およそ名もなき貧乏旗本の次男坊が州次郎さんというわけでしょう。

「堀田様は、そこで生まれ育ったわけですね」

遠回しにちょいと確かめてみました。

この州次郎さんはただの次男坊ではなかったはずです。ひなたの隠れになるには、何かしらの理屈や理由がそこにあって然るべきなんですが。

「そうです。あぁ」

笑みを浮かべてまた恥ずかしげに口元を動かします。

「本当に幼い頃に、一年ばかり山寺に預けられたことはあるのですが、そこを出てからはずっと家で暮らしていました」

「山寺に、ですか」

「三つか四つの頃だそうです。わたしはほとんど覚えてはいないのですが、幼い頃には少しばかり鬱《ふさ》ぎの気やらなんやらが強かったようです。親の手に余ったというところでしょうか」

なるほど、と、頷いておきます。

山寺、ですか。どこの山寺なのか訊きたかったところです。鬱ぎの気やらなんやらが強かったというのは、まさしく隠れの発芽でしょう。それを〈ひなたの隠れ〉に昇華させるには、そこの山寺で何かがあったと思うのですが、今のところはまぁいいでしょう。

「それで、佐吉さん」

すい、と、州次郎さんが両の手を腿に揃えます。

「養父である堀田惣一郎が調べていたことがあります。わたしはそれを引き継いでいて、御用の向き故、何であるかははっきりとはお教えできないのですが」

はい、と頷きます。そりゃそうでしょうね。

「ただちに遠州屋さんと関わりのあることではないのですが、遠回しにはどこかで結んでくるやもしれぬことなのです。それ故、今日はこうして来たのですが、お気を悪くしないで聞いてほしいのです」

「どうぞ。お役目とあらば、あたしの知ることならなんでもお話しします」

ありがとうございます、と頭を下げました。この人は誰に対してもこうして頭を下げるのでしょうね。

「佐吉さんが二十で亡きお父上の跡を、遠州屋を継いでからもう十一年になると聞きましたが、間違いないでしょうか」

「はい」

その通りですね。

「先代、父の孝介《こうすけ》が亡くなってから十一年になりますが」

大した偶然でもないでしょうが、あたしの父も急な心の臓の病でしたね。あっという間にころりと逝ってしまいました。

小さく州次郎さんは頷き、何かを頭の中で確かめるように少し目を伏せてからあたしの顔を見やります。

「この十年。いえ、十一年ですか。佐吉さんは先代の礎の上に、さらに実に手堅くかつ着実に商いを大きくして続けてこられてますね。正直なところ、大店と呼ばれるようになったのは佐吉さんの代になってからで、およそ八年は経《た》っているのではないかと知りました」

それもその通りですので頷いておきましたが、さて、と思います。

話の向きがこの先どこへ進んで行くのかが、まるでわかりません。見えてきませんね。

「よくお調べでございますね。自分のところを大店と面と向かって呼ばれるのはかなり面映《おもは》ゆいのですが、お陰様で商いは順調にきております」

「素晴らしいことだと思います。それで」

州次郎さんは帳面や書付を見るでもなく、滔々《とうとう》と話しています。何もかも頭の中に入っているということでしょう。

「佐吉さんの代になってからは、つまり大店と呼ばれるほどにお店が大きくなられてからは、盗っ人に入られたようなことは一度もありませんね？」

「ありません」

これっぽっちもです。

「もちろん、火事にあったこともない。まぁ火事の場合はもらい火事みたいになってしまうこともあるのですが、それもないですね」

頷いておきます。それも確かにそうです。

「幸いなことにですね。泥棒よけの工夫はいくつもできても、もらい火事だけはどうしようもありませんからね」

「その通りです。それで」

うん、と、一呼吸置きました。

「市中に大店と呼ばれる商家はいくつもあるのですけれども、実は遠州屋さんのように、十年もの間、なにごともなく順調にきているお店というのは、存外に少ないのはおわかりになっていますか」

「と、仰《おつしや》いますと？」

「大店と呼ばれるところは、ほぼ全部のお店でこの十年の間に失火にあったり、あるいは盗みに入られたりして、一時の火の車を経験しているのですよ。あるいは商売を辞めてしまったところさえもあります」

日を細めてしまいそうになるのを、堪えました。

なるほど、そういう話になるのですか。

「たとえば、甲信屋《こうしんや》さんなどはこの十年で四度も盗みに入られています。ざっくりと二年に一度ぐらいの計算になりますよね」

甲信屋さん。

思わず頷きました。

「そうでしたね。回数まではさすがに覚えちゃいませんでしたが、何度も入られて本当にお気の毒でした。命まで取られなかったのは本当に不幸中の幸いで」

「まったくですよね。盗まれたお金も全部で、四度で三千五百十二両にもなるんですね。それほどのお金を盗《と》られても、まだ大店としてやっていけているのは大した才覚だと感心しますけれど」

建具商である甲信屋さんの商い上手には常々感心していますが、今、感心するのはそこではありませんでした。

「堀田様は、調べたのですか。この十年間のそれを」

「はい」

大店と呼ばれる店の数は片手で数えられるものではありません。この十年というのであれば、頭の中でざっと思い起こしても二十や三十はあるでしょう。

「お一人でそれを？」

　にこりと微笑みます。

「取り調べの帳面を揃えて部屋に籠って、埃《ほこり》まみれになりましたが全部調べて書き写して合算していきました。本当に商いというのは大変だなと思いましたよ。自身の才覚で儲《もう》けなければやっていけないものを、儲かったら儲かったで今度は盗み働きの連中に狙われる。理不尽とはこのことですよね」

「そりゃあ、確かにそうですが」

　それだけの調べを一人でやるのに、どれだけの時間を費やしたのかと感心したのです。

いや、それが同心の仕事とはいえ、です。

　商いにたとえるならば、商売敵の店に出入りする人を全部一人で調べるようなものでしょうに。

　堀田様の話の向かう先が見えてきましたね。

「そして、十年もの間、失火や盗みに襲われることなど一度もなく、文字通りなにごともなく栄えてきたのはこの江戸広しといえど、あたし共の遠州屋ただひとつ、と、わかったのでございますね」

「その通りです」

あたしを見るその瞳に何の意も見て取れません。

何かを疑っているわけでもなく、ただ事実としてそういうものを見つけた、と、州次郎さんは言ってます。

「もちろん、それが佐吉さんの才覚なのでしょう。聞けば、遠州屋さんでは特別な火除《ひよ》け魔除けのまじないを施しているとの話が商家の間で広まっているともありました」

「それは、あたしも聞いたことありますし、訊かれたこともありますよ。あるなら教えてほしいとね。けれどもなんにもありゃしませんね。ただ、本当に、ただ日々気をつけているだけのことです」

その、気をつける、ということができないから災いに見舞われることの絶えないのが世の常なのでしょうがね。

確かに、というお顔をして州次郎さんは頷きます。

それから、微かに目を細めあたしを真正面から見ました。

そのお陰で、心の用意ができちまいました。もしもこの先、州次郎さんと懇意になれたのならば、お教えした方が良いでしょう。

同心として、悪党を捕まえるために働く十手持ちとしてこの先も生きていくのならば、少しずる賢くならなければならない、と。

湯呑みを取り、一口茶を飲みました。

「佐吉さん」

「はい」

「その、長年大店でありながら、一度も盗っ人に入られたことのない遠州屋さんだからこそ、訊きます。ざりば講、というものを話に聞いたことはないでしょうか」

ざりば講。

「さて、聞いたことはありませんが、講というからには庚申講《こうしんこう》とか夷講《えびすこう》のようなものでしょうか」

この若き同心さんは、何を追ってらっしゃるのか。

「わたしにも、それがどういうものであるかはっきりしたことはわからないのです。ただ、仰る通り講であろうことは間違いないのでしょうが」

「講は、いろいろな形がありますが、あたしのような商人にそれを訊いてくるということは、商人同士の集まりと思っていらっしゃるということですかね」

その通りです、と、頷きました。

「養父惣一郎は、そのざりば講の姿を追っていました。おそらくは商人の集まりであり、決して表に出さないものであろうと」

「表に出さないとは、どういう意味合いでしょうね。ただの集まりではないということですか」

こくり、と、頷きました。

「その集まりとは、ざりば講とは、自分たち商人に降り掛かる災い、つまり盗っ人を捕まえ人知れず消すために作ったものであろうと、養父は何かで摑んでいたようです。つまり、人殺しのための講であろうと」

人殺しの、講。

思わず顔を顰めちまいました。まさか、ここでその類いの話を聞かされるとは思いもしませんでしたね。

「随分と物騒な講でございますね」

亡くなられた同心堀田惣一郎さんは、どこでどのようにして、誰からその名を聞いたのか、摑んだのか。そしてどうやってそれを養子である州次郎さんにお伝えしたのか。あたしが探ることでもないし、探りたくもないのですがしょうがないですね。こうして話を聞かされたのですから、多少なりとも興味を持たなきゃ嘘になります。

「まさか、大店の主たちが盗っ人を殺すために徒党を組んでいる、という話ではないのでしょうね」

「違います。いえ、主たちが直接に手を下す、という意味では違うはずです」

あたしの眼を真正面に見据えたまま、ゆっくりと州次郎さんは頷きます。

その眼の、深いこと深いこと。

何もかも見透かされてしまいそうになるほどの、透き通るような深さ。これはもう、間違いなく、ひなたの隠れ。本人がそれをわかっていないというのも、こうして会うことでようやく理解できましたよ。

本当にそうだったのですね。まともに出会うのは初めてですが、そういう人たちがいるのは知っていましたよ。

隠れの中でも、もっとも幸運の持ち主。

幸運なのか、そもそもそういう人間が隠れになったときにこうなるのか。このまま何事も起こらなければ、真っ当な人たちの中で静かに暮らしていけるのでしょう。

今のところは、かもしれませんが。

「では、ざりば講、とは盗っ人に入られたときに、その盗っ人連中を捕まえて人知れず殺すために、それをどこかに依頼するために、金を集めて貯《た》めておく講ですか」

深い色を湛《たた》えた目が少し大きくなりました。

「その通りです。いえ、そうじゃないかとわたしは考えています。さすが大店の商人《あきんど》ですね。これだけの話で理方《りかた》を通すのが早い」

この程度でおだてられても困りますが、本当に感心したのでしょうね。そういう顔をしています。けれども、これぐらいの理屈は商人ならばすぐに思いつきます。

「考え方の筋は通っていますね」

「通ってる、と考えますか、佐吉さんは」

人の道でなくあくまでも筋道、という意味合いですけどね。

「商人たちにとって何より怖いのは、商いが儲からないことよりも盗み働きですよ。それはおわかりでしょう」

「もちろんわかりますが、いや盗まれることは儲からないことよりも怖いですか？」

そりゃあ、そうですとも。儲からないのなら、努力したならいい。もっと工夫を考えたらいい。

「そう考えるのが商人です。そういう考えができないお人は、そもそも商売に向いていませんから早いとこ鞍替《くらが》えするがいいですね」

「なるほど」

「どんなに儲けて金を貯め込んでも、それを持って行かれたんじゃあ、どうしようもない。かといって、どんな盗っ人も入り込めないような仕掛けを商宅に施していたら稼ぎ以上の金がかかってしまうし、何よりも大工たちからその仕掛けが漏れてしまいかねない」

「漏れますか。仕掛けが」

「絵図を引きますからね。絵図を引くのは頭《かしら》でもそれは仕立てに入った大工なら誰でも見られます」

「しかし、大工は江戸のあまたある職の中でも稼ぎ頭。わざわざ盗っ人のために仕掛けを漏らすような危ない橋を渡りますか」

「大工の中に、盗み働きをする連中が入り込んでいることだってありますでしょう。そうなると、凝った仕掛けを施すのはここに金がありますよと言っているのと同じことになってしまう。用心棒をたくさん雇ったところで同じ理屈です」

うん、と、州次郎さんは頷きます。こんなあたりまえのことも理屈としてわからないお役人もいますからね。

「となれば、いちばんに良いのは、盗まれたらその盗っ人を捕まえて金を取り戻し、殺しちまうことです。どうして殺すかとなれば、奉行所にこれこの通り盗っ人を捕まえましたと届け出てもお白州《しらす》で死罪を言い渡されなければ、いつ戻ってきて逆恨みの意趣返しでそれこそ命を取られるかしれやしない」

言葉を切ると、州次郎さんの目が細くなっていました。

「あたしがざりば講とやらを知ってるわけでも、常日頃そう思ってるわけじゃあございませんよ？　あくまでも、堀田様のお話から推察するに、でございますから」

「わかっています。わかっていますが、大店の商人はやはりそういう考え方になるのか、と自分の中で納得させていたのです」

「殺すまでしなくても、と、お思いですか」

優しい心根のお方なのでしょう。人の中にあるはずの善の力を信じていらっしゃるのかもしれない。

「罪は、罪。刑をもってその罪を贖《あがな》わせるのが人の世の仕組みとしてあるからこそ、我らがいるのです」

「同じ殺すにしても、そこは法の死罪をもって、ということでございますね」

その通り、と頷きます。

「しかしそれを決めるのは法度をもってするお奉行様。つまり、人です。人が人を裁くのが世の仕組みならば、結果としては同じことです」

州次郎さんの目がますます細くなって、険しい顔つきになっていきます。

「あくまでも、考え方、でございますよ」

笑っておきましょう。あたしだって盗っ人は全部殺してしまえと思ってるわけじゃあありません。

「商人というものは、同じことを済ますにしても、いかにして手早く済ませてしまえるかというものを常に考えます。たとえば商品を包むにしても、いかにして早くかつ見栄え良くお客様に心地良くなってもらえるように包めるか、を考えます。時を費やせばそれだけ金もかかりますし、見栄えが悪ければ次の商売に響く、というものでございます」

「ならば、盗っ人を捕らえるにしても、金を取り戻すにしても、手早くやってもらうにはどうしたらいいかと考える、ですか」

「そうでございますね。盗まれた金は取り戻さなければあっという間に消えちまう。大店を狙うような盗っ人たちは徒党を組んだ職人と同じですよ。盗んだその日にでも分け前を貰って散っていくでしょう。遅々として進まぬお調べを待つよりも、裏の道なら裏を知りつくした連中に頼んだが話が早い。そのためには金がいる。ならばそのための金を貯めておこう、どうせなら仲間で貯めておいた方がいい。そういう考え方に筋は通っている、という話ですね」

ふぅ、と、州次郎さんが溜息《ためいき》をつきます。

「裏、は、ありますか。人の道に」

「ございますね」

「それを、佐吉さんはご存知ですか。どのようなものですか。およそこの江戸で日々の暮らしを営む者であれば、金を稼がなければなりません。そのためには仕事をしなければなりません」

「道理でございますね」

「裏の道を歩む者たちは、人殺しのようなものを生業《なりわい》にする者たちですか」

正直に、お訊きになることとなること。

「堀田様」

「はい」

「あたしは真っ当なひなたの道を歩く商人です。そのような裏の道を生きる者たちには会ったこともありません。ましてやいたとして、どのようにすれば会えるという伝手などもも知りません」

「では、何故裏の道があるとお思いですか。わかっているからこそ断言なさった」

「そりゃあ、堀田様もご存知ですよ。盗っ人がいるからですよ」

盗っ人、と、驚いたように言いましたね。わかりきった道理も見ていなければ見失うものです。

「あなたは町奉行所の同心ですよ。世の中には盗み、脅し、殺し、そういうものをしてしまう人がいる。そういう人間を召し捕るためにあなた方がいる。しかし、捕まらない連中もいる。その連中がまた同じことを繰り返す」

右手の指を三本、立てました。

「三本？」

「三度、でございますね。仏の顔も三度までと言いますが仏は人の世にはいません。盗みを三度繰り返した者は、もう裏の道に足を踏み入れた人間だと言いますね。一度で止めればまぁ出来心で済ませられる。二度で止めれば改心したかと許される。しかし、三度繰り返しちまえばそれはもう悪心《あくしん》でしょう。心が悪に染まっちまった。それが、盗っ人というものです」

そして、悪心を持った盗っ人になったのならば。

「盗みと殺しを隔てるものは、湿った長屋の壁一枚みたいなものですよ」

「簡単に蹴破って足を踏み入れる、ですか」

「そういうことです。そうやってそこに足を踏み入れちまったら、後は歩き続けるしかござんせん」

湯呑みを取り、茶を一口飲みます。少しお喋《しゃべ》りが過ぎましたかね。

「話がとっちらかっちゃいましたね。その、ご養父の惣一郎様はどのようにして、ざりば講とやらがあると堀田様にお伝えしたので？」

「書付がありました。調べ帳、とでもいうものでしょうか。御用とは別に日々の見廻りで気になったもの、不可思議に思ったもの、そういうものを書き付けておいたものです」

「そこに、書き付けてあったのでございますか。ざりば講と？」

「そうです」

なるほど。

しかしそれは。

「はっきりとその名前が書いてあるということは、お調べは随分と進んでいたのでないでしょうか？　この間お聞きになった墨色の屋形船というのも、そのざりば講と絡んだ話なのでございましょう。何故お一人でこのようにお調べになっているのでございますか」

その目にほんの少しの惑いが見て取れましたが、すぐに戻りました。

「遠州屋さんは、佐吉さんは信頼できる商人であり、男であると吉次さんから聞いています。決して他言はしないと信頼し切ってお話ししますが、養父惣一郎は、心の臓の病で死んだとは思えないのです」

「と、仰いますと？」

「何者かに、殺されたのではないかとわたしは疑っております。それがざりば講なるものに繋がる筋ではないかと」

なんと。

同心殺しですか。それは、驚きました。

「しかし、心の臓の病というのは医者の見立てではないのですか？」

「確かにそうですが、他に見立てようがない、というところです。何せ朝になって布団の中で冷たくなっていたのです。傷もなければ苦しんだ様子もなく、文字通り眠るように死んでいたのです」

眠るようにですか。あたしはむろん経験がありませんからわかりかねますが、心の臓が止まったならば、苦しんだ様子のひとつもありそうですが、それもなかったということでしょう。

「ですから医者も本当に突然のことだったのだろう、と言うしかなかったのでしょう」

「殺された、と、そうお思いになったのはどういう由があるのですか」

「まず、生前の養父の身体は頑健そのもの。心の臓が弱っていた兆しなど何ひとつありませんでした。これは養母も吉次さんも、ご同僚の方々も口を揃えて言っておりました」

いやしかし。

「それでも、心の臓の病は突然来るものです。あたしの知り合いでもそういう奴でころりと逝っちまったのもいますが」

こくり、と、州次郎さんが頷きます。

「それはわかります。何よりわたしが疑ったのは、養父が死んだ晩に、何者かが家に忍び込んだ形跡があったからです。それもごく僅か、わたしにしか気づけないようなものです」

州次郎さんにしか気づけないもの。

「それは、何でございますか」

ご自分の鼻に、細く長くきれいな人差し指を当てました。

「匂い、です」

「匂い」

当てたまま、小さく頷きます。

「子どもの頃から私は匂いというものに敏感だったそうです。寺に預けられたのもそれがひとつの遠因だったのではないかと、今は思っています」

匂いに敏感で山寺に預けられるとは。

それが、州次郎さんの隠れの力ですか。

「先ほど、自分ではよく覚えていないと仰いましたが、どのようなことがあったのでしょうね」

苦笑しましたね。

「失礼しました。然程《さほど》関わりのないこと故そうは言いましたが、父母に聞かされていますし、自分でも多少は覚えがあります」

おかしなこととはまったく思っていなかったそうですが、州次郎さんは物心ついた頃から、匂いで人を判別できていたと言います。

「父や母、家にいる人間がそこにいることは、襖一枚隔てて見えなくともわかりました。

夕餉《ゆうげ》にも何が出てくるかはすぐに気づきました」

「それは凄《すご》い。文字通り鼻が利くというものですね」

「それだけなら良かったのでしょうが、私はそこにいないものの匂いも、嗅ぎ取っていたようです」

そこにいないもの、ですか。

「見えずともそこにいる、とは、よほど小さな虫か、あるいは物の怪の類いですか」

唇を少し結び、僅かに首を傾げました。

「いまだに何かはわかりません。物には必ず匂いがあります。匂い、というのは煙草の煙のように、広がり薄まり眼に見えずとも漂うものですね？」

「そうでございますね」

「であれば、部屋にある畳、簞笥《たんす》、文机《ふづくえ》だろうが布団であろうが、それぞれにそのものの匂いがあり、部屋の中に混じりあい漂っているはずです」

文机の匂いなどは嗅いだ覚えもないし、嗅ごうとも思いませんが、確かにあるものでしょう。

「それをわたしは全部、見て取るのと同じように、匂いだけでも区別できました。ところが、まるで見えないのに何かの匂いはする。わからないものが部屋にいる、というのが匂いでわかってしまったのですよ」

「どこかから漂う匂いではなく、間違いなくそこにあるのに、眼には見えないものの匂いが堀田様にはわかったと、そういうことでございますか」

「そうです」

面妖《めんよう》と言えばいいのか、凄《すさ》まじい嗅ぎ分けの力とでも驚けばいいのか。

人の身の内にある力が常人ならざるものになる。隠れに現れる力とはそういうもの。自分のことを差し置いて、州次郎さんのそれは確かに隠れの中でも異質なるもののひとつなのでしょう。

眼に見えないものの匂いなどとは、想像すらつきません。

「それを怖がり、夜中に起き上がり、そのまま襖を開け障子を開けして縁側から中庭に飛び出すようなことが幾夜も続くこともあったそうです」

それで、山寺に預けられたと。さもありなん、と頷くしかありませんが。

「今はどうなのですか。その山寺に預けられて身の内の何かが変わったのでございますか」

にこり、と微笑みましたね。

「何も変わっていません。今も、匂いはわかります。ただ、自分に害のないものであるならば怖がる必要は何もない、というのを学びました。同時に、他人に言わなければ波風の立つものでもない、と」

単純にそういうふうに仕込まれたということですか。確かに修行を積んだ僧たちといえども、隠れの力の前には無力でしょう。目に見えずともそこにいる、というものたちも、害がなければそれこそ煙草の煙と同じ。放っておけばそのうちに慣れるというものでしょう。

「たとえば、この部屋には桂皮《けいひ》と伽羅《きゃら》を合わせたものの香りが漂っています。それも、朝にひとつまみ焚《た》いたものでしょう。抜けてはいますが、部屋の障子や壁にほんのりと染み込み、香ってきます。非常に良い香りです。佐吉さんは香道にも通じていらっしゃいますね」

驚きました。

「確かに、桂皮と伽羅を合わせたものをほんの僅かに焚きました」

香道の師匠ほどの人ならば、気を張って嗅げばわかるやもしれませんが、普通の人ならばおよそ気づかないほどのものです。嗅ぎ分けの力は本物なのでしょう。

「すると、その朝、惣一郎様の部屋にはいるはずのない者の残り香があったと。それに堀田様はお気づきになったという話でございますね」

そうなのです、と、大きく頷きます。

「物の怪の類いなどではなく、間違いなく人の匂いでした。男と女の二人組で、大人であることは間違いありませんでした。前の夜に来客などはなく、ましてや寝所ですから養父と養母以外が立ち入ることなどあるはずがありません」

「そこまでわかるのですか？　人の匂いで、男か女かも、大人とまで。夜中に忍び込んだ者の残り香を、朝になってても？」

「わかります」

この方が同心になったのは必然なのかもしれませんね。しかし、形跡をなにひとつ残さずに忍び込み去ったとなれば。

「惣一郎様の心の臓を止めたのは、その二人」

「そう考えました。そうとしか思えませんでした。物の怪の類いなれば呪い殺されたかと思えばいいのでしょうが、人となれば」

「見当もつきませんが、何らかの手段を用い、殺した」

そうです、と、悔しそうに顔を顰めました。

「養父惣一郎は、仏の惣一郎と呼ばれた程の人物です。誰かに恨みを買うなどとは、せいぜいが捕まえて罪を問うた罪人でしょう。しかし、養父の手掛けた件を全て調べても、何の痕《あと》も残さず武家の家に忍び込み、傷も残さず心の臓を止めるような手段を持つような者は見当たりませんでした。そうとなれば」

成程《なるほど》、そういう流れですか。

「考えられるのは、惣一郎様が調べていた謎のざりば講なるもの。そこに近づいていたからこそ、惣一郎様は殺されたと。心の臓の発作に見せかけて」

こくり、と、州次郎さんは頷きます。

だから、一人でお調べになっている。鼻の力などというあやふやなもので奉行所に注進もできずに。

「疑ってらっしゃるのは、ざりば講を結んでいると考えられる大店の主たち、ですか」

「いえ、商人の皆さんが同心の口を塞ごうなどとは考えないでしょう。悪徳の道に進んだ不埒《ふらち》な役人ならばまだしも、養父は違います」

「そうでございますね」

ならば、ざりば講を結んだ商人たちから依頼され人殺しを請け負う者たちが、自分たちに火の粉が飛ぶ前に惣一郎様を。

「消し去った」

そう言うと、州次郎さんが唇を真一文字に結んだ後に、小さく顎を動かしました。

「筋道は、通っているかと」

何も勘違いはしちゃあいませんね。あたしだってそう考えるでしょう。

「確かに」

「そうであるならば」

その先も考えて州次郎さんは動きなすったとすると。

「ざりば講を知った人間にも火の粉が飛ぶかもしれない。なにせ誰にも気づかれずに忍び込み、武士の心の臓を止めるような手技を持つ連中です。次々に病や不注意に見立てられ殺されていくかもしれない。それで、目当てがつくまではお一人でお調べになっていると」

「そういうことです」

「ということは、今ここで、ざりば講を知ったあたしも狙われるかもしれないという理屈になりますが」

にこり、と州次郎さんは微笑みます。

「この十年一度も盗っ人に狙われていない遠州屋さんは、ざりば講を講じた、いわば元締めかと考えました。ならば、遠州屋さんは人殺しを依頼する側。狙われるはずがない」

「もしくは、まったく関係ないにしても、この話を聞かされても、今まで通り商いに精を出せる術を持っているはずであるから、どちらにしても害が及ぶはずもない。何よりも江戸の大店の主たちに繋がりが深いのだろうから、彼らを調べるのにいい手蔓《てづる》ができると踏んで、あたしにここまでの話を聞かせましたか」

「その通りです。申し訳ない」

思わず笑っちまいました。

切れ者との噂は本当でしたね。何の邪気もなく真《ま》っ直《す》ぐに進んでいるだけかと思いきや、二手も三手も先を考えて歩を進めている。

さて、どうしましょうかね。

あたしがざりば講に狙われるのはともかく、本当に惣一郎様が殺されたのであれば、この州次郎さんも調べを進めて行けば、いつか闇に葬られるかもしれないということになりましょう。

それは、いけませんね。

まったくいけません。

「ようございます。確かに大店と呼ばれるお店の主の皆様とは付き合いも深《ふこ》うございます。それとは知られないように、気取られないように、探りを入れてみましょう」

「助かります。しかし、今更ですが、充分に気をつけていただいて」

「わかっております」

免許皆伝の腕などありませんが、身を守る術は心得ていますからね。

＊

「お種さん、今日は三河島《みかわしま》まで行ってきますので、昼はいらないですよ」

朝餉の終わりにそう言ってご馳走さまをすると、一緒に食べていたお種さんが頷きます。

「はいな、お気をつけて。お帰りは？」

「暗くなる前には戻りますよ」

秣場はあちこちにありますから、どこへ行こうが何をしに行くと訊かれなくて済むのは秣商のいいところですね。

「そういえば佐吉さん。昨日いらした同心さん。北町の堀田様でしょう」

「おや、知っていたんですか」

眼を細くしましたね。

「噂になっていますよ」

「何の噂ですか？」

「あんなにきれいな顔をした同心は江戸始まって以来じゃないかって。若い女はもちろん、その筋の男衆も何とかして懇ろになりたいものだって」

笑います。

「確かにそうですね。色白でお顔もきれいだった」

「笑い事じゃありませんからね」

「はいはい」

お種さんはあたしがいつまで経っても女房を貰わないものだから、すっかりそちらだと思い込んでますね。早く跡継ぎを作らないでどうするんだと。

まぁ心配させておけばいつまでも元気であたしの世話をやいてくれるでしょう。


神田を出て、下谷《したや》から金杉村《かなすぎむら》を抜けて三河島村の植木屋まで。

巣鴨や染井なんぞは花屋や植木屋が昔っから多く、そこで商いをする植木屋や花屋の藁葺《わらぶ》き屋根が目立ちますが、三河島は育ちきった林が目立つ植木屋の里ですね。

植木屋と花屋の境はどこにあるのかとときどき話にしますが、庭普請《にわぶしん》までをもするのが植木屋で、花を売るのみなのが花屋。

そりゃあわかりやすい線引きですが、その実はどうにも明らかな線引きができないらしく、そもそも花屋の看板を掲げていても、その元は植木屋から仕入れているというところも多いんですよ。

蕎麦屋と饂飩屋《うどんや》を一緒にしちゃあ困ると言われますが、植木屋と花屋の場合は一緒にされても別にされても困るってところですかね。

(あぁ、見えた)

三河島で土地持ちする植木屋の中でもいっそう広く大きく、まるで武家屋敷のような構えの商家。

神楽屋さん。

来るのは二度目ですが、やはり大きいですね。まるで一万石の大名屋敷だと噂されますが、これなら二万、いや三万石と言ってもいいぐらいですかね。

（さてさて）

ご主人、神楽鉄斎さんはお出《い》ででしょうか。いや、いらっしゃると踏んだから足を運んだのですが。

本来植木屋にこんな立派な門など必要ありません。

植木屋は、木や草や花を、そして造った庭園を見せてなんぼの商売。門も垣根も必要なくどうぞご自由にご覧ください、とあちこちに休《やす》み処《どころ》の縁台を置いておけばいいもの。家の軒に茶の用意をし、大店なら茶屋もあちこちに置いて、旨い茶と団子も出しておけばなお良しという。

神楽屋さんがこんなにも立派な武家屋敷のような門を置いたのにはわけがあると聞きますが、よくは知りません。聖人君子ともうたわれる鉄斎さんですから権勢を誇るためでもないでしょうし、どんなわけがあるものやら。

門を潜《くぐ》れば、そこから先は植木屋の腕を示す庭園。ただしここには三つの色違いの敷石が三方向に別々に置いてあり、その色の敷石を踏んで進んでいけば三種類もの毛色の違う庭園と草花、木々が眺められるというもの。

「豪華ですねぇ」

前に来たときにはもう夕暮れが近づいていたので眺めることもなくお暇《いとま》したのですが、今日はゆっくり見せてもらいましょうか。

「これは、遠州屋さんじゃあないですか」

右手に続く緑色の敷石の方から見せてもらおうと歩き出したら、すぐに後ろから声が飛んできました。

振り返ると、墨色の作務衣《さむえ》に身を包んだ神楽鉄斎さん。

「これはどうも鉄斎さん」

「いや、お久しぶりでございますな」

「ご無沙汰しております。鉄斎さん、お元気そうで何よりでございます」

確か、五十八になるお年。長年の外仕事で深く刻まれた皺に日焼けした赤銅色の肌、背は低くとも力感に溢れた体つきは変わりませんね。

「嬉しいですね。遠州屋さんにわざわざお越しいただけるとは」

ひょい、とあたしの後ろに眼をやります。手の空いている者がいるかどうかを確かめたのでしょう。

「今日はどうされました。鉢植えなど、ご用意するものがありましたら運ばせますよ。それとも、まずは上がって甘いものでも？」

にこりと微笑む様子はまさに好々爺《こうこうや》。あたしが甘いものを好むというのも覚えていましたか。

「実は、少しお聞きしたいことがありましてね」

「私にですか」

「甘いものを頂けるのでしたら、ご相伴に与《あずか》りながらお話しできればありがたいのですが」

あたしの顔を見て、まばたきする程度の戸惑いが見えましたが、すぐに微笑んで頷きました。

「商売抜き、でしょうかな」

「はい」

商売抜きでございますね。もっとも、商売人ならば商売抜きと言われる話にろくなものはないと知っていますけどね。

お互いに。

通されたのは中庭を囲む座敷のひとつ。この中庭もまた見事なもので、楓《かえで》の木が一本すっくと育つ周りに苔生《こけむ》した大岩が置かれ、その周囲をぐるりと水路で囲んであります。水がしっかりと流れていますから、どこぞからちゃんと引いているのでしょう。

「さて、お待たせしました」

柿渋色の袴《はかま》にはき替えた鉄斎さんが、お盆に湯呑みと小ぶりのぼたもちを載せて、するりと入ってきました。

「これは、自らお持ち頂けるとは」

「いやいや」

ゆっくりとお盆を置いて、あたしを見ます。

「人払いした方が良さそうなお話でしょうからな」

「恐れ入ります」

さすがに察しが良いですね。

「これは、今日、近くで農家をやっている者の奥方が拵《こしら》えたぼたもちでしてな。餡《あん》の具合がまたおそろしく旨い」

「ほう」

「余りに旨いもので、ほぼ毎日作ってもらって、茶屋でもお出ししているのですよ」

それは、喉が鳴りますね。

「頂きます」

うん、まるで豆腐を割るぐらいに柔らかく箸が入っていく。そして、餡も飯もとけるような口当たりで、旨い。

「相変わらず旨そうに食べなさる」

「いや、食い気ばかりはどうにもなりません」

何かひとつしか残せないとなれば、あたしは食い気をこの身に残しますね。色気はどうでもいいですよ。

「さて、商売抜きの話とはどんなものですかな」

ひとつ頷いて、お茶を一口。口の中を苦味で調えます。

「闇隠れの皆さんを、鉄斎さんが抑えることはできましょうかね」

鉄斎さんの右眼が細くなって、あたしの顔を捉えます。

唇がへの字に曲がりました。

「どこで何をお聞きになったかわからないけどね佐吉さん。その闇隠れたぁ、何のことかさっぱりわからないね」

「いや、鉄斎さん。まずは聞いてくださいな」

このお人に隠し立ては無用のもの。何もかもお話ししても、それがどこかに漏れることは一切ないのは川の堤よりも確か。

先日、北町の定廻り同心堀田州次郎さんに偶然両国橋で会ってからのことを、それこそ包み隠さず、すべてお話ししました。

鉄斎さんは一言も挟まず、煙草に火を点けながらじっくりと耳を傾け、頷きます。

「なるほど」

話し終えると、そう呟いて息を吐き、腕を組みます。

「人殺しの講、ざりば講ね。こうやって話を聞けば、確かに頷けるものではあるね。あるかもしれない、と思わせる」

「そうでございましょう」

州次郎さんは大した頭の切れるお役人ですが、まだまだ未熟。

江戸の大店でここ十年間、一度も盗っ人に入られたことのないのはあたしのところだけとつと言っていましたが、抜けていましたね。

ここ神楽屋も、一度も盗っ人に入られたことはありません。それをあたしは知っていました。植木屋は店構えもないので、店に盗みに入られる、という頭がなかったのでしょう。

「同心の堀田惣一郎さんがお亡くなりになったのも知ってはいたけれど、そういうお方が跡を継いだのかい」

州次郎さんは、ひなたの隠れであろう、と、あたしははっきりとお伝えしました。そのことについても、鉄斎さんはなにひとつ訊きませんでした。それはなんだい？　とも。

「佐吉さんに、そのざりば講とやらをやってる大店の皆さんの目当てはついているのかい」

「それがさっぱりでして」

誰もがやっているようでもあるし、誰もやっていないようでもある。

「もちろん、州次郎さんとお約束しましたんでね。これから折あるごとに知られぬように探ってみようとは思っていますが」

「そんなとんでもないことを結んでいる連中が、そう簡単に尻尾を摑ませるとは思えないね。相当に時間がかかるんじゃあないのかい」

「その通りです。ですから、調べが進まないうちに州次郎さんが惣一郎様と同じような亡くなり方をしてしまったんじゃあ、これはさすがにあたしも寝覚めが悪いというもので」

ふぅむ、と息を吐くようにして言ってから、鉄斎さんがまた唇をへの字に歪《ゆが》めてあたしを睨《にら》みます。

「その闇隠れやらひなたの隠れやら、佐吉さんの言ってることにわからねぇものがたくさんあるんだが、要するにだ、その話を聞かせたってことは、私たちに眼を光らせておいてほしい、という頼みごとをしに来たってことですかね。神楽屋で働く連中全部に声を掛けておいて」

さすが、話が早い。

「そうしていただけると、助かります」

江戸一番の植木屋神楽屋さんで働く人たちは、二百人と言われています。家族持ちもいるので総数にすると三百とも。

「畑で働く者、山に種を採りに入る者、市中の出店《でだな》で働く者、鉢植えや花を運び届ける者、庭の造作を手掛ける者。江戸で神楽屋の袢纏《はんてん》を着た人間を見ない日はないと言われるほどですよ。その皆さんが、市中見廻りの同心堀田州次郎さんの一挙一動に眼をつけているとしたならば」

「その闇に隠れる者たちゃあきっと技に優れているんだろうね。そういうものに優れていればいるほど、眼の多さには気づく。そうなると、簡単に手は出せなくなる、って算段だね。八丁堀の近くにもうちの出店はあるし、庭の手入れに入るお宅もたくさんある」

「そういうことです」

あたしの推量に間違いがなければ、闇隠れの皆さんは神楽屋には決して近づかない。近づけない。

むしろ、避けようとするはず。

「話はわかったよ。けれどもさ、佐吉さん。それでも防げない災いってのはあるものだと私は考えるけどね」

そりゃあもちろんですね。

「そこは、他にも手立ては考えております」

＊

帰ってきて暮れ六つの頃合い。

また、やつ橋蕎麦の二階に読売の新吾と師匠を呼び出して、酒を飲ませます。こうやって三人で酒を飲むような仲になって、何年経ちましたかね。

それこそ、あたしが店を継いですぐの頃でしたから、十年は経ちましたか。

「嬉しいねぇ。師匠と一緒に酒を飲めるなんてな」

新吾が喜びます。

「馬鹿野郎、てめぇがくだらねぇことをするから、こちとら一町以内に近づくなよって言わなきゃしょうがなくなったんじゃねぇか」

「まったく面目《めんぼく》ねぇ。これこの通り」

新吾が自分で自分の頭を殴ります。師匠の絵を瓦版で真似した件ですね。ありゃあ明らかに新吾が悪い。

「まぁそこはあたしの顔を立ててもらって、今日はその話はなしで」

「いやいいよ。もとよりおらぁぜんぜん怒ってねぇからさ。あの絵は大したもんだって思ったけど、弟子の手前そう言っただけでさ」

師匠が笑って新吾の背中を叩きます。腐れ縁と言っちゃあなんですが、あたしたちの間で貸し借りも何もありませんね。

「で、佐吉さん。久しぶりに酒を飲もうってのは、ただ新吾と仲直りって組んだわけじゃねぇんだろ？」

「その通り。実は、堀田州次郎という同心さんを助けてほしくてね」

「あ？　また堀田の若旦那のことかい」

「まぁ新吾、この間の話の続きと聞いておくれよ」

まずは、今朝方鉄斎さんにした話を、二人にも聞かせます。

「そりゃあ」

師匠が一度黙り込んで、口を塞ぐように手を当てて考えましたね。

「あの八丁堀の堀田さんが実は殺されたってのは、本当のことなんだな佐吉さん？　その州次郎さんの思い違えとかじゃあねぇのか」

「ほぼ、間違いないでしょうね」

養父とはいえ、赤の他人。一緒に暮らしたのもほんの一年程度。

「身内の情愛で眼が曇るほどじゃあありませんよ。その利き過ぎるほどの鼻で嗅いだ匂いってのは、間違いのないところでしょう」

「てぇした鼻力だな」

新吾が手をひらひらさせます。

「いや、そらえらいこっちゃねぇかどうするんだよ」

「絶対に瓦版の種にしちゃ駄目だよ新吾」

「しねぇよ」

くい、と急いで猪口を飲み干します。

「俺もまだ死にたくねぇし。いやその話が本当なら、堀田の若旦那が、そのなんとかいう連中に殺されるんじゃあないかい。もったいないぜあんないい男。なによりも仏の惣一郎を継ぐ人間をさ。ありゃあ、いい同心になると思うぜ？」

その通り。あたしもそう思う。

「救う手はあるのかい。話だけ聞いても、その闇がどうしたって連中はおっかなくてしょんべんちびるような奴らだろ」

「ないことも、ないんですよ師匠」

「どんな手だ。おれぇにできることがあるってんならやるぜ。ってかあるからおれぇを呼んだんだろ」

「そうともさ。師匠と新吾にしか頼めない、できないことがね」

絵師と瓦版。

「そりゃ、なんだい」

「師匠」

「おう」

「ひとつ、描いてもらいたい絵があるんだけどね。請けてもらえるかい」

「そりゃあ佐吉さんに言われりゃなんでも描くさ。けど、改まってなんだい。お上に知られちゃあ拙《まず》いもんでも描かせようってのか？」

「拙くはないけれどね。ある意味じゃあそういうものよりもっと危ないものなんだけどね」

「怖いねぇ。なんだよ」

「どこもかしこも、墨色の屋形船を描いてほしいんだよ」

「屋形船ぇ？」

「そう、障子紙も何もかも、墨色のものさね。新月の晩に川面の暗色に溶け込んで見えなくなるような、屋形船さ」

「あ？」

　新吾が指差します。

「そりゃこないだ俺に話したやつじゃねぇか」

「そうだよ」

　まだ話していなかったその屋形船の話を師匠にすると、顔を顰めて頷きました。

「とんでもねぇもん描かせようとするねぇ佐吉さん。闇夜の川に浮かぶ、全体墨色の屋形船ぇ？」

「そう」

「ひでぇな。闇夜を飛び回る烏《からす》を描けって言ってんのと同じじゃねぇか」

「そういうことだね。でも、歌川国芳《うたがわくによし》なら描けるでしょう」

「描けるかぁ？」

　とんとんとん、と顎に手を当て指を鳴らして考えましたね。

　師匠のいつもの癖ですよ。

「うん、描けるか。描いてみっか」

「ちょいと待てよ佐吉っつあん。師匠が描くのはできるとしてよ。まさかその闇夜の烏を、いや闇夜の屋形船の絵を、元々は摺り師の俺に摺らせようってことかよ」

「そういうこと」

「難儀なこと言うなぁ。墨だらけの絵をどうやって摺れってよ」

「新吾にしか頼めないんだよ。他の誰かにやらせて、それが他に漏れたら拙いことになるかもしれない」

　そりゃそうだろうけどよ、と口を尖《とが》らせながら、もう考えていますね。どうやれば、墨一色で描かれた絵を、それが闇夜の黒い屋形船だとわかるように摺ることができるかを。

「新吾にならできるだろうよ。おれぇも一緒にやったるから心配すんな。それで、摺ったはいいが、その絵をどうすんだよ」

「そいつを、江戸中の大店の主に送り付けるんですよ。もちろん、絵を描いたのも摺ったのも誰かはわからないようにして」

「送り付ける？」

　ぽん、と、師匠が腿を叩きました。

「なるほどな。そういうこったか」

「そうですよ。闇夜の屋形船は、間違いなく闇隠れ、つまりは堀田惣一郎様を殺した連中が使っているものですよ。人知れず死体を運ぶ舟かもしれない。この間、新吾が話していた」

「大八車か！」

「そいつも、ひょっとしたら連中が使っているものかもしれないね。どんなふうに造ったもんだかしれないが」

「闇夜の屋形船を知ってる連中、つまりざりば講に入っている大店の連中はおでれぇて胆《きも》冷やして慌てるってわけだ」

「何にも知らない連中は、なんだこりゃ？　ってな。わけがわからずそれで終わりか」

そういうことです。

「お前たちのしていることはわかっているんだから、今度動いたらどうなるかわからないよ、との忠告をその絵に込めるんですよ。そうしておけば、当分の間は闇隠れの連中にも何もしてくれるなと言い含めるでしょう」

「それと、神楽屋の男衆の眼の二本立てで、堀田州次郎さんを守ろうって腹か」

「しばらくの間は何とかなるでしょうよ」

ふむ、と、師匠が顎を撫でます。

「さっきの話で訊かなかったけどよ。佐吉さんの話しぶりじゃあ、あの神楽屋の神楽鉄斎は、その隠れとかなんとかわかんねぇ連中とは付き合いがあるってことかよ」

そうですね。

そこんところは、あたしもはっきりとは言えないんですが。

「他言無用ですよ」

「もちのろんよ」

「鉄斎さんは、隠れなんですよ」

「いや、その隠れってのはなによ、って話よ」

そこんところを、きっちりわかってもらうのは難しいんですがね。

「簡単に言えば、師匠。あなたの絵師としての腕は大したもんでしょう。絵などまるで描けないあたしたちに比べると、神様と凡人ぐらいの差があるでしょう」

にやりと笑いましたね。

「まぁよ。そりゃあそうだが大したこっちゃねぇ。料理のできねぇおれぇにしてみりゃ旨いもんを作れる料理人はみんな神様みてぇなもんだからな」

「そういうことです」

「そういうこと？」

力の差、なんですよ。

「州次郎さんの鼻の利きは大したものです。普通の人間と比べると、神様と凡人ぐらいの差がある。ただし、使い処を間違えるとまるで鬼のような力となる」

鬼、と、二人で口を揃えましたね。

「見えるはずのない襖の向こうから、いや向こうどころか玄関からそこに師匠と新吾がいるね、と声を掛けられたら、そりゃあ鬼神の仕業と思えるでしょう？」

「確かに」

「そういう力を持った者が、隠れですよ」

「なるほど」

何故隠れなどと呼ばれるかは、また別の話です。長くなりますしね。

「待てよ」

新吾が慌てたように言います。

「さっきの絵を送り付ける話だけどよ。んなことしたら今度はお前がそのなんとかってのに狙われるってこともあるんじゃねぇか？」

「大丈夫だよ。あたしは慎重な男だからね」

あたしも、隠れなんだよ。しかもひとり隠れだから、大丈夫さ。

きっちり、見立てて誰が送ったかなんてわからないようにするから。

闇隠れ

牢《ろう》の戸前《とまえ》掛け金《がね》に錠前を差し込み、掛ける。

がちゃありぃ、と音がする。

それから一度鍵穴に鍵を差し込み回し、きん、と外れることを確かめる。確かめたら、また掛ける。

掛けたら二度三度、がしゃがしゃ、と揺すり、間違いなく掛かっていることを、錠前に不備はないことを小者《こもの》ともども確かめてから、小者に鍵を渡す。

小者がその鍵をしっかりと握り締め前に掲げるように持ったことも確かめる。鍵は詰め番所に持って行くまでそのまま皆に見えるように持ち続けなければならないのだ。

それから、薄暗い牢内に眼をやる。

ここが、肝心だ。

鍵役の牢屋同心になると夜目が利くようになると言われるが、本当のことだ。この昼なお暗い牢内の壁際に並ぶ科人《とがにん》たちの顔つきまで判別できるようにならないと、牢屋同心は勤まらない。

なめられる。

牢屋同心日下安左衛門《くさかやすざえもん》でござい、と、しっかり睨みを利かせる。

ただ睨みを利かすだけじゃない。

科人たちの顔色や様子も窺う。病の見立てなどはできるはずもないが、具合の悪そうな者や、いたぶられて死にそうな奴がいないか、特に新入りでひらの番の低い者の様子はきちんと確かめる。

牢内で死なれては困るのだ。

急な病での死ならばそれはどうしようもないのだが、そもそも病死してしまう程に具合の悪そうな者を、気づかずに放っておいたのか、という責任問題になってしまう。

入牢《じゆろう》させて見張ることだけが仕事ではない。入牢した科人を、きちんとお役目を勤めさせて過ごさせて、牢から娑婆《しやば》に出してやるまでが、あるいは沙汰通りに死罪になるまでが、我ら牢屋同心の仕事なのだ。牢内で病などで死なせてしまったりしたら、それは我らが仕事を、お役目を全うできなかったという話になる。

だから、睨んで、見る。

そして同じように牢名主以下の上座《かみざ》の連中には、頼むぞ、との意を込めて眼を見て、頷く。

向こうも頷き返す。

「しかと、頼んだぞ」

へぇーい、と、だらだらではなく揃ってはいるが、生気のない男どもの低い声がいちどきに上がる。

それからゆっくりと、牢の前を歩いていく。ここで気を抜いてはいけない。ゆっくりと歩きながら、牢内の様子をじっくりと見て回っていく。

またここで、睨みを利かす。

見ているんだからな、と、思わせる。そう思わせることが肝心なのだ。一度牢に入れてしまえば、後は我らの手は届かない。騒ぎでも起こせば別だが、大人しくしている分にはここには小者の見回り以外は、ほとんど誰もやってこない。

己にできることがあるならば、騒がなければなにをしても構わないのだ。だからこそ、とんでもないことはするなよ、と睨みを利かせておくことが肝心なのだ。

脱獄の計画を立てる者も、いないでもないのだ。過去には幾度か不届きなことを考えて逃げ出そうとした者もいる。

それもまた、我らの失態になる。病で死なせることよりも重い失態だ。

薄暗い大牢《たいろう》の屋根から出ると、空が見える。まだ青空が見えるが、そろそろ夕《ゆうべ》の色に変わるのがわかる頃合いだ。

詰め番所で小者が鍵を仕舞うのを確かめる。

「さて、堀田殿」

黙ってずっと付いてきていた、まだ羽織も新しい定廻り同心堀田州次郎殿に声を掛ける。

　今日が初めての見通り役だ。多少緊張もしていたろう。

「はい、日下様」

「今日はこのまま上がりだろう。まだ暮れには時間があるから、休息所で一息ついていこうか」

「よろしいのですか」

「よいとも。さ、こっちへ」

　休息所は牢屋敷の大体真ん中ぐらいにある。

　ここで休んでいるのは、むろん小伝馬町《こでんまちょう》牢屋敷に勤める鍵役である牢屋同心がほとんどだが、入牢に立ち会う見通り役や下役になる定廻り同心もたまにやってくる。

「まぁ、大体が、来ない」

「来ないのですか？」

　慌てたように言うので、にやり、と笑って見せた。

「慣れた連中は、いつまでもこの辛気臭い牢屋敷の敷地にはいたくないのだろう。だからさっさと出て行くし、そもそも入牢が終わるともう暮れ時だ。我らもさっさと家に帰る。だから、休息所に寄るのは、一本の時だね」

「一本、とは」

人差し指を立てて見せる。

「科人一人のことだよ。今日のように、入牢が一人しかいない日だな」

本日一本、二本と、そう数える。三人以上なら途端に忙しくなるので、数えるようなことはしない。

「入牢が一人のそういう日には、やってくる定廻りさんも一人だ。一人なら気楽なもので、後は牢名主よろしくな、で、牢に入れてしまえばもう今日の仕事は終わりだ。これから奉行所に寄ってもすぐに退勤の頃合いだ。じゃあ少し休んでいってこのまま帰るか、となるね」

入牢は大体が夕時だ。昼に入牢することはまずない。

三人以上の入牢になってくれれば時間も掛かってしまって暮れてしまい、さっさと帰りたいんで休んでいく暇もなくなってしまう。五人六人以上の入牢になると、掛ける時間も縮めていく。

「成程」

もちろん、入牢者が一人もいない日もあれば、一時に大勢入牢する日もある。

「いろいろある」

「そうでしょうね」

やたらめったらにはないことだが、盗っ人の仲間たちが一時に召し捕られて、十人も十五人も入牢する日もある。

「そういう日は、大変だ」

昼日中に見通り役や下役の定廻り同心さんが、二人どころか四人も来なきゃならなくなるし、鍵役である牢屋同心のこちらは、張番《はりばん》の下男《しもおとこ》を二十人も三十人も用意しなければならなくなる。

「そう聞いていますが」

「多過ぎないか？　と、思うだろうな」

縛られている科人一人につき、二人も下男はいらないだろうと。

実は多くはないのだ。

牢屋に入れられるからと、科人の皆が皆、じっと大人しくしているなどというわけではない。

縛られて繋がれて、だだっ広い小伝馬町牢屋敷の敷地内に既に入っているというのに、暴れてここから逃げ出そうとする大馬鹿者もいる。

本当に大馬鹿者だ。

逃げようとするのなら、ここに送られる前に逃げる算段をすればいいものを、なに故に牢屋敷の中に入ってからそうしようと思うのか。

「不思議だよな」

「そうですね」

逃げられるわけがないのだ。

周りをぐるりと土塀に囲まれ、おまけに敷地内はそこかしこ木柵だらけで入り組んでおり走り抜けることさえ叶《かな》わぬ。入ってきたらそんなことはすぐにわかるはずなのに。

「本当に馬鹿としか思えん」

まぁ、そういう馬鹿者だから、あっさりと捕まるのかもしれないが。

「ただ、それで、刀を盗まれ斬り付けられて死んでしまった同心もいる」

「本当ですか」

「嘘をついてどうする」

もう十年も、いや十二年になるか。

「それぐらい前の話だが実際にあった」

まだお前さんが子どもの頃だろう。

「私はその時には定廻りだったのだがな」

見通りや下役でその場にいなくてよかったと思う。一緒にいた連中も連座で責任を取らされた。

それはまぁ、致し方ないとは思う。そういう決まりだ。

「そこだ」

同心休息所。広いところではないが、小伝馬町牢屋敷の中とは思えないぐらいに小奇麗にしてある。

「これは、立派なところですね」

「上がりなさいな。刀はそこだ。ゆるりとしなさい。今、湯を沸かす」

「あ、私が」

「いやいや」

茶を淹れて、同じ同心ではあるが立場的には上に見られる定廻りの皆さんに休んでもらうことも、牢屋同心の仕事のひとつ。

「先程の話ですが」

「うん？」

「どうやって刀を取られたのですか。ありえないように思えますが」

「そうさな」

しっかりと縛られ繋がれているのだから、仮に暴れたとしても縄を引っ張り転がしてしまえばそれで終わりとなるのだろうが。

「たまたまなのだが、その科人が軽業遣いの盗っ人だった」

「軽業ですか」

その場でぴょんと跳び上がってとんぼを切るのなんて、息をする程にあたりまえにできる男だったらしい。

「ぴょんと跳び上がったと思ったら前に並ぶ男の肩を踏み台にしてさらに跳び、そこにいた同心の頭を蹴り上げた」

それは、ひどい、と顔を顰めた。

想像するだに痛いよな。

「倒れ込んだ同心の刀を足の指だけを使って引き抜き、すかさず自分の前に両足の指を使って柄を抱えて腕を回して自分の手を縛る縄を切った。周りにいた者があっと驚いている、ほんの僅かな間でしかなかったそうだよ」

「身体も柔らかかったと」

「だろうな」

そうでなければ、縄に縛られた手を前に回すこともできないだろう。下手したら自分の手を刀で斬ってしまって、大怪我《おおけが》や死ぬこともあったやもしれぬ。

「そういうことをやりぬいたのだから、ある意味では大した腕を持った盗っ人だったのだろうな」

褒めてもしょうがないのだが、話を聞いたときには感心したものだ。縄一本とはいえ刀であっさり斬るのには、それ相応に刀を使い慣れていなければならない。しかも、手ではなく足を使って刀を操ったというのだから。

「軽業で、刀を使っていたのかもな」

そういう、芸もあるだろう。何とか売りで刀を用いすぱりすぱりと紙を切っている者もいるが、あれとてそこそこ難しい技だ。素人にはできるはずもない。

「それで、その軽業遣いの科人は」

「もちろん、逃げようとしたが、他にいた同心に囲まれその場で斬られてしまった」

「斬られたのですか。取り押さえるのではなく」

「無理だったのだろうな」

同僚が眼の前で斬られたのだ。頭に血が上り、抜いた刀を振り下ろすことしかできなかったのだろう。

「その科人もな、黙って牢に入っていりゃあ三十日で出られた者だった」

「まだ軽いものではないですか」

ほんの一月、牢屋の中で大人しくしていれば出られたものをな。なに故に同心を斬ってまで逃げようとしたのか、なにかお調べには上がってこなかった計り知れぬ事情があったのか。

「なにもわからぬままに、死体が二つできあがった。そういうことが起きたんだ。知っての通り連れてこられて、さぁ、ここがお前たちの入る牢屋だとっとと入れそれで終わりだ、などという段取りでもない」

「はい」

科人一人一人の身元と罪状を、科人書付を見て読み上げ、これに実《まこと》に相違ないかと確認しなければならない。

一人ならいいが、十五人もいたならば、またこれに時間が掛かる。人間、黙って待っているとろくなことを考えぬものだ。こうやって大人しくしている間に逃げることができるのではないか、などと考える輩《やから》も出てくる。

「そいつが跳び上がって逃げようとしたのも、そうやって書付を読み上げている最中だったそうだよ」

「成程」

だから、入牢者のひとりにつき、その倍の張番が必要なのだ。

ひとりにつき二人や三人の眼で見張っていれば、それだけいれば、暴れても無駄だと思う。逃げ出そうなどと考える者もいなくなる。

「よく、わかります」

「お前は上州《じょうしゅう》鴨居《かもい》村《むら》の十郎《じゅうろう》だな。盗みの罪だな？　間違いないな？　よし、で、終わらせられればいいものをなぁ」

そうではない。書付の言葉通りに、実に間違いない儀の候《そうろう》、などと仰々しくきちんと読み上げてやらなければならない。

一体、書付に使う言葉をしっかりと了解している科人がどれだけの数いるというのか。我々武士でさえ、書付文の言葉を日頃そのまま話すことなどほとんどまったくないというのに。

「あれは、確かにそうですね」

堀田州次郎が苦笑する。

まっこと、この州次郎は苦笑いでさえ、良い笑顔をする。

そして良い眼をしている。

その眼に映るものの何もかもを表に映し出すような澄んだ眼の色だ。

血は繋がっていない養子ではあるが、養父の堀田惣一郎殿も若い頃はこういう眼をしていた。

どうしてあのような善き人が、素晴らしい男であり有能な同心が心の臓の病などでころりと死んでしまうものか、さっさところりと逝ってほしい人間は他にいくらでもいるというのに。

奉行所の中にも。

「さて、湯も沸いたな。この茶が旨いんだ。どこの茶かは知らんのだけどね」

新しい茶筒が置いてあって、それがやけに良い香りの茶葉だったので淹れてみたらこれがまた旨い茶だった。

「大方、誰かへの差し入れだったのだろう」

「入牢者にでしょうか」

「だろうね」

時々、作法も知らずに科人への差し入れを持ってくる身内がいる。牢名主以外の小物には届けられないので、ほぼ全部がこの休息所へ運び込まれてくるか、捨てられるかする。

「捨てるのですか」

「毒なんか入っていたら困るだろう。そういうこともある。だから、この茶は東の牢名主の朧《おぼろ》の金蔵《きんぞう》に持ち込まれたものだろうな。あいつはそうやって我らに差し入れをしてくれることが多い」

変な顔をしたね。

「牢名主が牢屋同心に差し入れするのが、困るかい」

「いえ、そういうわけではないのですが。話には聞いていましたが、あるものなのだな、と」

「あるんだよ。牢内のしきたりは教えてもらったかい」

「一通りは」

まぁ、一通りだろう。定廻り同心が牢屋同心に格下げされることは、そうはない。だから定廻り同心の新入りにこちらの仕事を教えることなどは、あまりない。

私のように年を取り、しかも怪我で足が不自由になりまともに座ることもままならなくなった者が、ならばさほど歩かなくて済むように、机の前で座らずに済むようにとの配慮で配置替えされるような場合はいくらかはあるのだが、余程のことがなければ、ない。

とんでもない失態を犯せば、格下げはあるが。

「まずもって、この小伝馬町の大牢の全てを、我ら牢屋同心がその一切を仕切ることは不可能。なにせ数人しかいないのだから、何か揉《も》め事《ごと》が起こったとしても牢屋の中に入ることさえ憚《はばか》られる。理由はわかるな」

「わかります」

州次郎は新陰流の免許皆伝の持ち主と聞くが、それでも最も多くて二十人はいる一部屋の騒ぎや揉め事を一人で抑えることなどは。

「無理だろう」

「無理ですね」

騒ぎが、たとえば喧嘩《けんか》でも起こったとする。それを止めに入ったとする。すると、その喧嘩に関係ない連中が、止めに入った我ら同心を後ろからでも襲えるという形になってしまう。わざと喧嘩を始めて役人を呼び、その隙に逃げ出そうと企てる者さえいる。それを止める大勢の役人など、ここには常時はいない。

下男はいるが、誰も彼も腕に覚えがあるわけではないし、そもそもいっぺんに大勢牢屋には入れない。そういう造りになっているからだ。戸口を誰かに抑えられたら、もう誰も入っていけない。

牢内にはただでさえ腕に覚えのある奴らも多い。それが科人になっている。しかも何度も何度も入ってくる者も多い。

無理なのだ。牢内の騒ぎを収めるのは。

「こっちは刀を持っているが、科人だからと斬り捨てていいわけではない」

「もちろんですね」

中には軽い罪でほんの二、三日そこで過ごさせるという連中もいる。そんな軽い罪の男たちを、牢内の騒ぎに巻き込んで簡単に斬り捨てていいはずもない。

「ただ、人の命さえ軽んじるような輩も多い。だからとにかく牢内で揉め事など起こさせてはいけないのだ。そのためには、牢内を実力者の連中に仕切らせることが最も効きめがあり、かつ大事なことなんだよ」

牢名主がいる。

お頭《かしら》と皆に呼ばれる文字通りの一番の実力者だ。

「そいつが上座の筆頭だ。順に中座に下座、そして小座《こざ》と続く」

「その中に、一番役二番役とそれぞれ役持ちがいるのですね」

「その通り」

言ってみれば、我ら奉行所内とまったく同じような仕組みだ。上座の牢名主の下に一番役、二番役。そして中座に三番役、四番役、五番役。

「そこまでが、まぁ実力者だ。娑婆でも名の通った悪党たちが、いろんな牢内の仕組みを新入りのひらに叩き込んでわからせるお目付け役として、そこにいる」

そして下座に、下働きの連中が役付きになる。

「飯を配ったり器を洗ったりな。文字通りの牢内の下働きだ」

何人もの男たちが、牢内で何日も過ごすのだ。放っておいてはただただ汚れてしまう。掃除も片づけもなにもかも、そこにいる者たちで賄わせる。

汚いところには虫が湧く。虫が湧いたら牢屋も傷む。傷んだところから壊して逃げ出そうと考える奴も出る。

「牢内をきれいにさせることが大事なのだ」

「役を与えて仕事をさせることで、秩序を保つのですね」

「そういうことだ」

だから、牢名主と心を通い合わせるのは、必要なのだ。

「心、ですか」

「大袈裟《おおげさ》かね。だが、決して手を繋いではいけない」

握手などしたら、それは科人と役人が手を結んだことになってしまう。

「つるを使って牢名主が牢屋同心にちょいと外出してくるから頼むわ、などという話になる」

「外出ですか」

「そうだ。あるんだぞ？　一仕事やるんでよろしく、なんてな。柏《かしわ》の市之助《いちのすけ》の話は聞いたことないかい」

「柏の市之助、あります。確か盗っ人の頭で、牢内にいながら手下を使って三千両も稼ぎまくったとか」

「その通りだが、牢内にいたわけじゃない。夜中に同心の手引きで外出してお勤めしてきて、夜が明ける前に帰ってきていたのさ」

そんなことを、と眼を丸くした。

「茶が旨いぞ」

「あ、いただきます」

「甘いものは食べるか？　さっき買ってきてもらった大福がある。そこのいさみ屋という茶屋のものなのだが、旨いぞ」

「好きです。いただきます」

だと思った。

「甘いものが好きな者は、何故かわかるよな」

不思議とそういうものだ。

「その話が伝わっているということは、その牢屋同心は」

「訊くな」

皆が知ってる話だが、訊いてはいけない。

「そうやって牢名主からの袖の下をたんまりと蓄えたのだから、そりゃあ上手くやっているのだろう。そんなに前の話じゃないんだからな。だからだ」

手を繋ぐのではなく、心を通い合わせれば、そんなことは起こらない。

「朧の金蔵には、娘がいる」

「娘」

「これがまた器量良しでな。もちろん、金蔵の罪とはなんの関わりもない真っ当な娘だ。品川宿《しながわしゅく》の宿屋の娘として、飯盛り女ではないぞ、そこの跡継ぎとしての娘だ」

「それを、日下様が知っているということは」

その通りだ。

「盗っ人の頭だったとしても、捕まっちまえば手下はばらばら。下手を打った頭への逆恨みで娘に手出しをしようなんて不届きな者がいないとも限らない」

「そうならないように、手を打ってあるんですね。日下様が自分で」

「自腹だ」

　下の者を使って、その宿に下働きとして潜り込ませている。

「金が掛かるが、任せておけとね」

「だからお前は、牢内のことを頼むぞ、と心を結ぶわけですか」

　そういうことだ。

「どうせ朧の金蔵は死罪だ。だが、力のあった者を簡単に死罪にするよりは、牢名主としてできるだけ長く牢に留め置いた方がこちらに利がある」

「どれ程の間ですか」

「あいつが来てから、こうっと六十余日か。まぁ一年二年はいるのではないかな。その辺は私が考えてもしょうがない」

　上の方が決めること。

「死罪のはずなのに、牢名主になり病で亡くなるまでそれを務めた者もいると聞きましたが」

「いたね。野仏《のぼとけ》の雁《がん》だったかな」

それは私も若く、同心を継いだばかりの頃だった。

「日下様は、養父堀田惣一郎と若い頃は同じ剣を習い、同じ机で学問を学んだ仲と聞きましたが」

「そう」

そうだったんだよ。

「ひょっとしたら、若い頃は一番に気が合い、仲の良い友人だった」

同じ定廻り同心として、並んで町を歩いたこともある。

「同じ捕物で、一番手柄二番手柄をわけあったこともある。本当に、良き友人だったよ」

これはたぶん聞かされているかもしれないが。

「私がこの足を」

まくって叩いて見せる。

「膝の骨がぼろぼろになった捕物のときにも、惣一郎は一緒にいたんだよ。あの捕物は、私が入ったものでも一番に大きいものでね」

「聞きました。あの当時で北町始まって以来の大捕物ではなかったかと」

「そうなんだよ」

結果として、三十四人もの徒党を組んだ男たちを取り押さえた。

「あれほど大きなものは、今もないね」

私も惣一郎も手柄を立てたが、その結果として、この足を動かなくさせてしまった。

「それで、牢屋同心だ。定廻りの仲間たちとも、遠ざかってしまった。同じ外役の同心なのに、牢屋同心が定廻り同心よりも低く見られてしまうのはどうしようもないことだね」

「いやそれは」

いや、そういうものなんだよ。

「何といっても我ら牢屋同心の働いている姿を見るのは、ほぼ科人だけだ。町の人々が我らに会うときは、それは入牢者となったときだけ」

同じ八丁堀に住んではいても、内役の同心たちからも見下されてしまう。

「もちろん、惣一郎は、そんなことはなかったがね」

ほんの数年しか付き合いがなかったとはいえ、養父は養父。嬉しそうに微笑んだ。

「本当に、残念だったよ。まさかあの惣一郎が、心の臓の病などとはね」

信じられなかった。あれほど頑健で偉丈夫だったのに。

「わからんもんだ」

しかし、その代わりと言ってはなんだが、養子とはいえこの州次郎を跡継ぎにして、堀田の名が残ったのは良かった。

この男は、良い。

間違いなく、北町きっての同心として名を馳《は》せるだろう。それだけの腕と頭を持っているとの評判だ。

器量が良過ぎるのが少しばかり気にはなるが。

「ひとつ、気になったことがあるのですが」

「なんだい」

「今日、入牢した新吉《しんきち》ですが、盗みの咎で」

「そうだったな」

まあ軽いものになるだろう。しばらく、あの牢内で辛抱すれば出て行ける。今まで通りとはいかないだろうが、また働いて食って行くこともできる。

「職は大工とありましたが」

「そうだな」

そうなっていたが、どうした。

「大工ならば皆が皆、指先が太くなるはずなのです。常に道具を固く持ち、力を込めますからね」

「まぁ、そうだな」

「彼の指先は、細かったのです。まるで飴細工《あめざいく》の職人のように」

細かった、か？

「それは、職を騙っていると？」

「わかりませんが、私は少しばかり気になりました」

州次郎が言うのだから、何かがあるのかもしれぬ。

「わかった。明日にでも少し調べてみよう」

この足で居宅まで歩くと、とんでもなく時間が掛かってしまうので、駕籠《かご》を使う。まるで殿様のようだし牢屋同心の身の上で、歩けば着くところに駕籠を使うのは気が引けるのだが、どうしようもない。まさか、小者におぶさるわけにもいかない。

州次郎をまた来たときには話をしようと見送り、当番同心の乾《いぬい》と交代して、居宅へ帰り、のんびりと過ごす。

明日も明後日も入牢はない。

＊

「日下さん！」

「どうした」

当番同心の乾が生《なま》っ白《ちろ》い顔を青くしていた。

「東牢の朧の金蔵が、死んでいるんです」

「なんだと？」

走った。いや、走った気になったが、走れない。足を引き摺るようにしないと歩けないこの身体だ。

それでも、急いだ。乾が足をばたばたさせながら私の肩を抱いた。

「なにがどうしたのだ」

「わかりません。朝の点呼に金蔵が起きなかったのです。呼んでも起きず、一番役の吉《きち》五郎《ごろう》が様子を見たら、息をしていないと」

「石黒《いしぐろ》様は」

「呼びました。もうお着きです」

牢医師の石黒朔之信《さくのしん》。まだ若いがいろんな意味合いで有能な医師だ。この春から牢医師としてここに来てくれているが、本当に助かっている。

彼は、きちんと見立てる。袖の下など貰わない。科人と市井の人を区別しない。病は病と、皆を平等と考えている。

何よりも、彼は元々武士だ。そもそも医者を襲おうなどという不届き者はさすがにいないが、牢の中に一人で入り込んでも安心できるほどの腕を持つ。

「与力《よりき》の小酒部《こさかべ》様は」

「こちらに向かっているかと。下男を十人集めて牢を囲っています」

「よし」

乾は、顔は生っ白いが、胆が据わっているし機転も利く男だ。間違ったことはしていないだろう。

大牢に着くと、中が見えた。灯《あか》りを点けている。

牢名主の座に朔之信がいるのがわかった。戸口を囲む下男が私たちを見て、道を空ける。

苦労して、戸口を潜る。

「石黒様！」

「日下さん」

横たわる金蔵が見える。胸があらわになっている。眼に見える外傷はないし、辺りに血の痕があるわけでもないことに、微かに安堵《あんど》した。

が、首を横に振った。

「もう事切れています」

「いつのことですか」

顔を顰めた。

「かなり前でしょう。寝入ってすぐにではないかと」

朔之信が手首の辺りを持ち上げると、もう固くなっているのがわかった。

「心の臓ですか」

「今の様子では、そうとしか思えません」

朔之信が、口元を示した。

「毒の様子は見えません。もちろん、私の知らぬ毒ならどうしようもないのですが、ただ」

「ただ?」

「このように、苦しんだ様子もありません。そこの一番役の吉五郎の話では、眠っているとしか思えなかったと」

「そうなのか?」

脇にいた吉五郎が、顰め面で、へい、と頷いた。

「金蔵の旦那はいつも一人で起きやすが、今日に限ってまだ眠ってやした。こりゃ珍しいこともあるもんだと、まずは起きるまで放っておいたのです。ですが」

少し息を吐く。

「検番の頃合いになっても起きる気配がありやせん。こりゃあ具合でも悪いのかと声を掛けると、見えやした」

「なにがだ」

「下が漏れているのが」

「あぁ」

そうか。

「そして、息をしてないのが見て取れやした。すぐさま、当番様を大声で呼んだのです」

「私が見たときも、この様子でした」

乾が後ろから言ってきた。

「石黒様が来られるまで、上座の皆に決して何も触れるなと言い含め、下男三人に見張らせました。ですから、何も動かしていません」

「よし」

変わったところは、何もない。いつものまま。

ただ、金蔵が死んでいるだけ。

「苦しんだ様子もないというのは、心の臓の病ではあるのですかな」

「あるだろう、としか言えません。私は今まで心の臓の病で死んだ人を診たことはないのですが、そのように聞いています」

「そうですか」

「その反対に、心の臓が止まるときにひどくもがき、爪で胸を掻《か》いた、という話も聞きます。ですから、毒ではないのならば、突然の病で心の臓が止まったのだろうとしか見立てられません」

頷くしかない。

「毒ではないのですね？」

「知っている毒ではないです。舌の色を見ても、口の周りを見ても、その様子はありません。何よりも毒が回ったのならば下痢や嘔吐《おうと》、身体の痺《しび》れむくみなど、ひどく苦しむのがあたりまえ。それがこの金蔵には一切ありません」

突然、死んでしまった、か。

「誰か、金蔵が声を上げたり動いたりしたのを見聞きした者はいないのだな？」

壁際に大人しく座っている十六人の科人を見回したが、互いに顔を見合い、頷くだけだった。

その中で、いちばん端にいた男が手を上げた。

あれは、昨日入ったひらの新吉。

「どうした。何か見たのか」

「おそれながら申し上げますが、おそらくあっしがいちばん最後まで起きていたと思いやす」

そうだろう。新入りが先に眠ってしまったら、何をされるかわかったもんじゃない。

「寝入りばなに、ひゅう、という息の音を聞きやした。誰かの小さないびきだろうと考えたのですが、その音は牢名主様の寝るそこら辺りから聞こえたような気がしやす」

「今、思えば、か？」

「そうでやす」

朔之信と眼を合わせた。

「考えられますね」

「最後の一息、ですか」

私も聞いたことがある。心の臓が止まるときに、最後に息を吐くのだ。

「おそらくは肺の腑が縮むのでしょう。それで最後の一息になると聞きます」

「そうでしょうね」

牢名主が、死んでしまった、か。

「よし。わかり申した。まだお調べになりますか」

「明るいところで、もう一度子細に見ますので、医師詰め所に運んでください。そこでもう一度見立てます」

「承知しました」

与力の小酒部様も着くだろう。そこできちんと見立ててもらえばそれでいい。

「吉五郎」

「へい」

牢名主が死んだならば、その次には一番役が上がるのが常。

「おって申し付けるが、まずはお前が頭になって片づけてくれ。そうして次の牢名主はお前だ。皆もいいな」

二番役は一番役へ。

「それぞれがひとつずつ、役を上げる。それも与力の小酒部様が着き次第、申し付ける。それまで皆もそのようにしてくれ。よいな」

へぇい、と、いつもより生気のある声が上がる。

金蔵が死んだことを喜んでいるんじゃない。自分たちの格が上がることに興奮しているのだ。

そもそも金蔵は、情け深い頭だった。死んでしまったことを悲しんでいる者も多いだろう。

朔之信がもう一度明るいところで見立てたが、やはり毒が回っている様子はなにひとつ見つからなかった。

世の中には医師も知らぬ毒物があり、それで死んでしまう人間もいるというが、そこを調べることはできない。それは、医術が解き明かすべき事柄だ。奉行所の知るところではない。

「娘に、告げなければな」

品川宿まで行くことも叶わぬので、文を出すしかあるまい。住み込んでいる下男にも、もうお役御免という文を書くか。そのまま働きたければそのままでいいとも。

どっちにしても、自腹を切っていた分は楽になるか。

「しかし」

昨日、州次郎と話したばかりだった。急な心の臓の病で死んだ惣一郎の話を。

「同じよな」

たぶんでしかないが、惣一郎もまったく苦しんだ様子もなかったと聞いた。

「そんなこともあるものなんだな」

与力の小酒部様の検分も終わり、残った大牢の皆への達しも済んで、そろそろ昼時かと考えたときだ。

「日下様」

「おう」

下男の中助《ちゅうすけ》が詰め所にやってきた。

「どうした」

「ちょいと、金蔵の件なんですがね。一番役だった吉五郎が、お話ししたいことがあると」

「吉五郎が？」

一番役だった吉五郎は、もう牢名主としていちばん上に座っているはず。

「皆には内緒にしてほしいというので、後片づけのことで改《あらため》番所にてお話ししたいと。

そこに見せたいものもあると」

「見せたいもの？」

なにごとか。

改番所には畳がまだ置いてあった。金蔵の場所のいちばん上に置いてあった畳だ。汚れてしまったので洗わせて、この後に干すのだろう。

「連れてきました」

吉五郎が、腰だけ縛られて中助と一緒に入ってきた。

元は板前だった吉五郎。百日刑となってもう七十日は経っているので、もう一月もしたのなら娑婆に戻れるが、その後も板前として働けるかどうか。

主を包丁で怪我させてしまっては、評判はがた落ちだろうが、斟酌《しんしゃく》すべきところは多々ある男だ。

「お手間取らせて、すいやせん」

「どうした。話とはなんだ」

吉五郎が、しゃがみ込む。

「さっき、そいつを洗いやした。一人でです」

「うん」

そうだったな。畳一枚洗うのに二人はいらない。一人で、中助に付き添わせて洗わせた。

「そのときに、見つけやした」

「なにを見つけた」

ずい、と、吉五郎が膝を進めた。

「そこを、ご覧になってくださいやし」

畳の端を指差す。

「そこだけ、洗うのを躊躇《ためら》いやした。あっしは一番役として、金蔵の旦那の世話もずっとしてきやした。畳の様子も毎日見ていました。ですが、こんな傷はありやせんでした」

「傷？」

見た。

確かに、傷がある。

畳を引っ掻いてできたような傷だ。

「字に、見えやした」

「字?」

「文字です。あっしは字を読めやす」

傷が、確かに、文字に見える。

「さ、いや、ざ、か。ざ、り、ば? ざりば、か?」

「へい。そう読みやした」

ざりば、と、繰り返した。

「ざりば。ざりば、とは、なんだ?」

聞いたこともない言葉だが。

「中助、知ってるか?」

何かの隠語か?

中助が首を横に振った。

「まったく聞いたことありやせんね」

「あっしもです」

吉五郎が言う。

「けど、間違いなく、そう読めやす。そして、金蔵の旦那の最期の言葉なのではないか、と」

最期の、言葉？

寝しなに、布団の脇の畳の真ん中に寝転がってみた。

金蔵の背格好は、私とそれほど変わらなく、おおよそ同じだったろう。試しに右の人差し指で畳を引っ掻いてみた。

指先に、爪に精一杯の力を込め強く、ざりば、と書いてみた。書いてから、起き上がって行灯《あんどん》を側《そば》に寄せて見てみる。

「読めるな」

夜でも、行灯の灯りさえあれば読める程に傷がつく。ましてや牢の畳はここのよりも古いから藺草《いぐさ》もかなり脆《もろ》くなっていた。もっとはっきり傷がついたろう。

ざりば、と書いた場所は、金蔵が最後に寝ていた畳に書かれていた位置とほぼ同じだった。動かぬ身体と腕だから、指先だけで畳を引っ掻いた場所は、同じような背格好ならこうして同じところになるだろう。

確かに吉五郎の言を信ずるならば、金蔵が死ぬ間際、心の臓が止まるまでに書き残したものなのかもしれない。そういうことができるのならば。

無論、そんな経験がないのでわからぬが、できるのかもしれない。

一度だけだが、定廻りの頃にそういうものを見たことがある。

川っぺりで頭を石で殴られ殺されていた船頭が、河原に〈の〉と書き残していたのだ。人差し指の指先が〈の〉の字の最後に掛かっていたので、誰が見ても最期に書き残したのだろうと思えた。だが、誰がやったかも、その〈の〉の意味もわからず仕舞いになっていた。

そもそも〈の〉だけでは一体何のことやらまるでわからない。人の名前の、たとえば〈乃助〉などという男の名前かもしれぬし、〈野呂〉などという男の名字かもしれぬ。男とは限らず、〈のわけ〉という名前の遊女もいたし、〈野菊〉という知人の娘もいた。頭に〈の〉が付く人間などやたらといるだろう。

調べたものの、少なくともその船頭の周囲に名前に〈の〉が付く者はいなかった。その日にその船頭の舟に乗った人間も幾人かは判明したが、誰も彼も心当たりはなかったし、そもそも生きている船頭しか見ていなかった。

「あれは何のことだったのだろうな」

誰かが死んでいて、明らかに殺されていたのに誰がやったかもわからずに終わってしまうものは、そこそこある。

定廻りだった頃でも、十やそこらはあったはずだ。死体の家族や血縁がわかったのならともかく、どこの誰かも結局わからずに無縁仏としてそのまま葬られてしまう仏さんに、何度も手を合わせに行ったことがある。

済まんな、と。

下手人を捕まえることが我らの仕事なのに、それも叶わずに申し訳なかったと、いつも思っていた。

「ざりば、か」

金蔵が書き残したかもしれぬそれは、私が今書いたものよりもかなり弱々しかった。本当に最後の力で引っ掻いたのだろう。少し指先で触ってみたら、ほぼもうわからなくなって、消えてしまった。はっきりと見たのは、吉五郎と中助と私の三人だけだ。

与力の小酒部様に報告するにしても、ただそれだけではどうにもならない。書き残したかもしれぬ傷でした、と言ったところで傷はほとんどわからなくなってしまい、そして金蔵はもう死んでしまった。

元々盗っ人の頭として捕まり、死罪が決まっていたのだ。死ぬのが早まっただけ。殊更事を大きくする必要もないので、今のところは何も報告せずに済ませている。中助にも吉五郎にもそう申し付けた。

そもそもが本当に金蔵が書き残したものかどうかもはっきりとはせぬのだ。

だが、気になっていた。

寝るつもりだったのだが、妙に喉が渇いた。

「茶でも飲むか」

もう三年にもなるが、家に一人きりだ。

父も母も既になく、妻をも病で失った。そして、子はいない。

つまり、日下家は私の代で終わりになってしまう。養子を貰って代替わりすることももちろん考えたが、牢屋同心株を継ぎたいと思う者は、いないことはないが、喜ぶ人間もあまりいない。

牢屋同心になったとしても、そのまま一生牢屋同心で終わってしまうかもしれない。たぶんそうなってしまう。

牢屋同心とは、日がな一日科人だけを見ているような仕事だ。無論それとて奉行所に不可欠な職ではあるが、私のように一人になってしまえば気楽なものだが、家族がいては養っていくことが中々厳しい。そこから上に行くためには、出世して禄を良くするのには、余程の運と才覚が必要なのだ。

日下家は、ここで終わらせるのもよし、と考えている。

そもそも惜しまれるような家系でもない。牢屋同心が一人いなくなれば、どこかの誰かが新しく後釜にすわるだけの話だ。

自分で淹れる茶も、随分手慣れたものになった。朝飯と掃除などは下女を頼んでいるが、それだけだ。後は全部自分でできる。

ずず、と、啜《すす》る。

何かを飲み食いする度に、生きていることを実感する。生きてこそこうして飲み食いできるのだな、と。それはたぶん、牢屋同心こそが、どの同心よりも生き死にを多く見ているからかもしれない。

ただ見張っているだけじゃない。御仕置きもする。首斬りの場にもいる。人の生き死にを常に見ている。

死に際の言葉も、よく聞いている。

「誰に、伝えたかったのかな」

もしも死に際の言葉なら、たとえば辞世の句のようなものであったのなら、金蔵は、何を言い残したかったのか。誰に言いたかったのか。

そもそも、ざりば、とは何か。

物の見事に何も思い当たる言葉はなかった。

ここら辺りではなく、どこかのお国言葉ならお手上げだが、金蔵は江戸の人間だ。手当たり次第に訊いて回れば、言葉をよく知る戯作者などに訊いてみればあるいはわかるかもしれない。

「仲間内の符牒《ふちょう》」

それも、考えられる。しかし、牢内に金蔵の仲間はいない。いたところでそれを伝えてどうなるというのか。

それを調べる時間など私にはない。

何よりもその辺の人間に『ざりば、という言葉を知っておるか』と訊いて回るのは、何故か良くないような気がしている。

勘というものだ。

これでも定廻りを十何年も勤めた。わけのわからぬ件などに出会《でくわ》したのも一度や二度ではない。この世の理屈に通らぬようなものも見たことがある。そうやって養われたのは、良くないもの、に対する勘だ。

その勘が、これは迂闊《うかつ》に広めてはならぬものだ、と言っている。

「待てよ」

ふいに、それに思い当たった。

あの時、中助は何と言って私を呼びに来た？

吉五郎が『皆には内緒にしてほしい。見せたいものがある』と言っていた、と。

それは、何故だ。

「何故、吉五郎はあの場で内緒にしたかったのだ？」

たかが、と言うのは何だが、死に際の言葉だったかもしれないというだけの話だ。それは別に誰に知られてもいいではないか。

「いや」

吉五郎は一番役としてよくやってくれていた。胆力も腕力もあり金蔵がいなければ牢名主を任せても牢内で何の問題も起こらないような男だ。

何よりも、気配りができる。だから、あのわけのわからない引っ掻き傷のことを皆に知られて、何かしら動揺させたりお互いに疑心暗鬼にさせるのは拙いと考え、そうしたのかもしれない。何せ、牢名主が死んでいたのだ。殺された、などと皆が思ってしまうのは避けねばならないと。

「それは、充分に考えられるか」

吉五郎が何か知っているというのは穿《うが》ち過ぎかもしれない。

本人に確かめるにしても、そうしないといけない気がしたと言われればそこで終わりだ。何か他にあるのなら、吉五郎ならばきちんと教えてくれたはずだ。何せ、盗っ人でも人殺しでも何でもない、ちょいとばかり頭に血が上りやすい男というだけだ。

それに、牢屋同心は、吟味などしない。できない。

ちょいと顔貸せや、と、吉五郎を牢から出して内緒話でもしようものなら、牢内での吉五郎の立場が怪しくなるやもしれぬ。

牢内の秩序は、乱してはならない。

「州次郎」

堀田州次郎の顔が浮かんできた。

きっとまた見通り役や下役で小伝馬町にやってくるだろう。大体その手の仕事は若い同心に回されるものだ。

一人でやってくることもきっとまたある。その時に話してみようと決めた。

彼ならきっと、思い当たってくれるのではないか。

ざりば、という言葉に。

何の根拠もないのだが、そのような気がした。

「これも、勘だ」

長い同心稼業で培われたものだ。

＊

入牢も御仕置きも詮議の呼び出しもまるでない日が十五日ほども続いた。そして今日も今のところはどちらもない。

滅多にないが、そういうときもある。

捕まる者がいないというのは、町が平和であるということだ。ひょっとしたら単に下手人を捕まえられないからだという見方もあるが、概ね江戸の町は穏やかだということだろう。御仕置きがないのはたまたまだが、いかに刑罰を処するのが仕事とはいえ、御仕置きや処刑を喜んでやる者はそうはいない。

ないのなら、ない方がいいに決まっている。できれば牢屋同心が日がな一日何もせずに過ごせる世の中であってほしい。

そう、奉行所など、同心など、暇な方がいいのだ。ただ飯食らいと揶揄された方がいい。そういう世を作るのも、ひとつの仕事ではあるとは思っている。

とはいえ入牢も御仕置きもないときには、正直時間を持て余すこともある。

牢の見廻りは忙しいときには小者に任せてしまうが、時間に余裕のあるときには我々も行う。それも済ませ日日《にちにち》の細報を書き付けてしまうと後はほとんどやることはない。せいぜいが書付の整理ぐらいだ。古いものを整理して表書きを新しくしたり綴《と》じ直したりするのは、さして面白いものではない。

後は、建物の見廻りか。傷んでいるところはないかを細かく確認していく。何せ牢なのだから、どこかが傷んでいたらそこから大事にもなりかねない。それは、最も肝要な仕事かもしれない。

「日下様」

「おう」

昼を過ぎて、さて今日は何をして暮れまで過ごすかと思っていたときに、下男の喜久《きく》治《じ》がやってきた。

「定廻りの堀田様がお出でで、少しばかり用向きがあるそうですが、こちらにお通ししていですか」

「堀田州次郎が？」

少し驚いた。あの日以来で、もちろん今日はやってくる用向きなどないはずだが。

「急な入牢か？」

いいえ、と、首を横に振った。

「お一人でお出でです」

まさか定廻りのついでに寄ったということもないだろう。

「わかった。じゃあ休息所に通してくれ」

何の用ができたというのか。


「あぁ、日下さん」

変わらずに爽やかな笑みを寄越す。まったく男ながら、この若者と一緒になる娘が羨ましくなるほどだ。

「どうした。あれ以来だな」

「そうですね」

休息所には誰もいない。そう思ってこっちに通したのだが、州次郎の様子からそれで正解だったと理解した。喜久治が見えなくなるまで、その次の言葉を待っている。

「何かあったのか」

　こくり、と頷く。

「私が大工の新吉を入牢させた翌日に、金蔵が死にましたよね」

「そうだな」

　もちろんそれは聞いているだろう。そして大工の新吉の指先を見て州次郎がしっくりしない思いを抱いていたのも覚えている。調べてみようと言ったものの、まだ調べていなかった。

「金蔵の後に牢名主になった男は板前の吉五郎で、もうここを出ましたよね」

　頷いた。それもその通りだ。

　二日前に牢を出た。

　どんな事情かは知らぬが、唐突にそう沙汰が下りてきたのだ。どのみち近い内に出牢だったのだから、金蔵亡き後よく取りまとめてくれたなとのお情けでもあったのだろうと思い、私もそう礼を言った。

　もう世話をかけるような真似はしないで、まともに働けと。

「その吉五郎が、死にました」

　死んだ？

「いつだ」

「昨日です」

言いながら、顔を顰める。顰めてもなお涼やかさが増すというのはどれだけ顔が整っているのかと余計なことを考えてしまった。

「偶然だったのです。新吉を入牢させたときに、上座だった吉五郎の顔も名もしっかりと見て覚えていました。昨日、市中見廻りのときに、近くの三弦長屋というところで人死にが出たと自身番の男に声を掛けられ、そのまま駆けつけました」

「それが、吉五郎だったと？」

はい、と、頷く。

「大家にも確かめました。確かに一日前に牢から出てきたばかりの板前の吉五郎だと。顔も私が確かめました」

「殺されたのか？」

いいえ、と、首を横に振る。

「病死、ということになりました。女がいたのです」

「女？」

「女房ではなく、以前に働いていた店の下働きの女でした。名前は、お糸《いと》と。それと一緒だったのですが、朝起きたら冷たくなっていたそうです」

「なんと」

まさか。

「心の臓が止まったとでも?」

唇を歪めた。金蔵が心の臓の病で死んだのはもちろん州次郎も聞き知っているだろう。

「どこにも傷などはなく、首を絞められたような痕もなく、ただ眠るように死んでいました。行園《ぎようえん》医師を呼んで見立ててもらいましたが、毒を用いた痕もなく、急な病死、つまり心の臓が止まったとしか言いようがないと」

行園さんの見立てなら間違いないのだろう。私が定廻り同心になった頃からずっと奉行所呼びの医師として、何十もの死体を検分している。

「金蔵とまったく同じか」

こくり、と頷く。

「そう聞いたものですから妙に気になりまして。ひょっとしてと思い、同じくもう牢を出たという新吉がどうしているかを密《ひそ》かに調べたのですが」

「どうだった」

州次郎が、真っ直ぐに私を見る。

「調べにあった長屋に新吉などという大工はいませんでした。大家に確認したので間違いありません」

「何だと?」

いない？

新吉などという大工はいない。調書に間違いがあったと言うのか。

いや、嘘か。

誰かが仕組んだのか。

新吉を捕まえ詮議して入牢させたのは間違いなく同心仲間なのだ。それを決めたのも上役の与力だ。早めに牢から出したのも、そうだ。

それが嘘だったとしたら。いや、嘘だったのだ。それは、新吉を入牢させるためにか？　何のために入牢させた？　金蔵を殺すためか？　いや、放っていても死罪になる人間を何故わざわざ牢内まで殺しに来る？

わけがわからぬが、そうしたのは、誰か。

決まっている。奉行所の人間以外、そんなことができる者はいない。我らの手の内の者が、やったのだ。

だから、州次郎は一人で会いに来たのか。

眼が合い、互いの考えていることが手に取るようにわかった。

「あのとき、新吉を入れたときに小者や下男がいましたよね。彼らは無事ですか？」

来ていなかった。今日は中助が来ていない。それも、無断で来ていなかった。

下男は大勢いるうえ、それぞれに仕事があるのでいつも同じ下男と一緒に動くわけではないから知らなかったし、代わりはいくらでもいるので仕事に支障はない。そもそも入牢も御仕置きもない日が続いたので、来ていなくても誰も気にしていなかった。

「堀田が来た日の小者や下男はいたが」

「今日来ていない下男は、金蔵が死んだときに一緒にいたのですか。日下さんも」

「そうだ」

察しがいい。新吉を入れたときの下男たちは無事で、金蔵が死んだときにいた中助は、いなくなっている。どういうことだ。

「堀田」

「はい」

「ざりば、という言葉を知っているか？」

いきなり、州次郎の眼の色が変わった。大きく見開かれた。思っていた以上の返しにこちらが驚くほどに。

「日下様は、何故その名を」

知っていたのか。

「金蔵が、書き残していたと思われる言葉だ」

「書き残した？」

「爪で畳を引っ掻いた痕があったのだ。それを見つけたのは吉五郎で、見たのは私と中助の三人だけだ。上にあげてもいない。そして三人ともそれがどういう意味なのかわからなかった」

州次郎が少し下を向き、何かを考えていた。

「お前はその意味を知っているのか。実は、訊こうと思っていたのだ。何となく、お前なら知っているのではないかという気がしてな」

「私が。何故です」

「何故かはわからん。そんな気がしただけだ。勘だ」

小さく頷く。

「実は、私も本当のところはわかりません。けれども、その名は知っています。養父が調べていたのです」

「惣一郎が？」

「書き残していました。養父も一人でそれが何なのか調べていたようなのです。日下様、この話をするならば」

辺りを見回す。そうだな。誰がやってくるかわからぬ。それよりも何よりも、金蔵も吉五郎も殺されたのだ。

ひょっとして中助も。

「私は、これから具合が悪くなり引けることにする。表に駕籠を用意しておいてくれ。お前は今日は、上に知らせずにこのまま動けるか」

「大丈夫です」

少なくとも今は、誰にも知られずにこの二人で調べなければならない。何が起こっているのかを。

＊

中助は、消えていた。死んでいるのかどうかもわからぬが、とにかく消えていた。同じ長屋に住む人間は誰一人居所を知らず、昨日から見ていないとわかった。

それ以上は捜しようがない。同じく牢屋敷で働く仲間に訊き廻るわけにもいかぬ。

「もしも殺されているのなら、どこかに捨てられたか」

「いや」

州次郎が首を横に振る。

「仮に、金蔵や吉五郎を殺した人間がいるとするならば、いずれも死体はそのままにしてありました。心の臓の発作で死んだと見せかけられるからでしょう。ならば、中助も殺したのならそうするはずです。きっと、一人なのでしょう」

「一人？」

「人を運ぶのには、少なくとも男手が二人は必要です。何よりも、運べば目立ちます。心の臓の発作に見せかけられるような術があるのなら、それで済ませば最も手が掛かりません」

道理だな。

「ならば中助は」

「長屋に戻らずどこかで遊びほうけているのか、あるいは何かを察して身を隠したか」

中助は真面目な男だ。賭場に入り浸ったりするような男ではない。だとしたら。

「ひとつ、行き場所に心当たりがある」

「どこですか」

「中助の親のところだ」

聞いたことがある。谷中本村《やなかほんそん》で百姓をやっていると。秣を作っているとも。

「行ってみましょう。ひょっとして中助は何かを見て、知って、身を隠したのかもしれません。駕籠を呼びます」

尋ねあてた親の家に中助は来ていなかった。息子に何かあったのかと心配されたが、今のところはこちらも何もわからない。わかり次第伝えると言って、杖《つえ》と提灯《ちょうちん》を借りて家を出た。

「大丈夫ですか。ひとっ走りして駕籠を」

「いや、大丈夫だ」

時間は掛かるが、杖を使えば膝が痛むようなことはない。途中で暗くなってしまうが
それはしょうがない。

「それに、聞きたい。ざりば、とは何か。駕籠に乗っていてはその話もできん」

「そうですね。しかし、それを知ってしまうと日下さんの身も危うくなるかもしれませ
ん」

州次郎が心配するような表情を見せた。

「どのみちもう知ってしまった」

私は、同心だ。たとえ牢屋同心であろうと。

「悪事ならば、それを見過ごすわけにはいかん」

提灯を持って歩く州次郎が少し息を吐き、頷いた。

惣一郎の自分で調べていたことを書き残した書付にあった、ざりば、の名。それはど
うやら商家の講のようなものらしいこと。

墨色の屋形船。

「人殺しの、講」

「はい」

何と物騒な講だ。しかし、理屈としてはわかる。

「そんなものが本当に存在しているのか」

「わかりません。しかし、養父が調べていたのは事実です」

そうして、惣一郎は心の臓の病で、死んだ。

「だからお前は、金蔵のことも」

「そうです」

繋がっているのではないかと考えたのか。惣一郎も、金蔵も、そして吉五郎も。そして実際に繋がったのだ。

ざりば、という名で。

「金蔵は、殺されたのか。その、ざりば、に」

いや、それはわからないのだ。まだ何も。

ふいに、州次郎が立ち止まった。

「どうした」

「そこの林に、潜んでいる者がいます。五人です」

道脇に立ち並ぶ木々がある。

「潜んでいる？」

眼を凝らして見たが、木々が生えていて暗いということしかわからない。もう空は暮れている。

あそこに何かが見えるというのか。何故人数までわかるのか。

州次郎が明るく灯《とも》る提灯の火を消して、そっと下に置いた。それが合図でもあったかのように、林から影が飛び出すように走り出してくるのがわかった。

「日下さん、私の後ろに！」

州次郎が叫ぶ。

五人。

確かに。

前に二人、後ろに三人回り込まれた。私の膝が動かないのを知っているかのように、私の横を擦り抜けて。

黒布で顔を覆って眼だけを出しているが、頭の形からしてしっかりとした髷を結っている者もいる。

皆がまるで野良仕事の百姓のような身なりをしてはいるが、武士か。

いや、そもそも構えが違う。

あれは型を極めた剣術使いのものではない。少なくとも私の知っている流派の構えではない。そのような素性の者に会ったことなど一度もないのだが、忍術使いか。存在していたことは確かだが。

「堀田」

「日下様は前から来る者だけを。後ろは私が」

「頼む」

頷いた。身体ひとつほどの距離を置いて、州次郎が私の背にぴたりと付いているのがわかる。

州次郎は、刀を合わせたことなどないのに私の技量を見抜いている。わかっている。

この左足は、動かぬ。

いや、膝の骨が砕けてしまったので自由に動かせぬ。それでも、鍛練をして左足で踏み込めるようにした。

右利きの者は、左足を軸にして右足で踏み込み刀を振るう。左足の膝が利かぬようになってしまった私は、それを逆にして刀を振るえるように鍛練した。日頃の仕事で刀を振るうことなど、武士とはいえごく一部の者を別にして、ほぼ、ない。

それでも、鍛練した。

激しく動き過ぎると熱を持って腫れる左の膝を厭《いと》いながら。

それで、黙って立っているだけなら、打ち込んでくる者を捌《さば》くだけなら、それ以前と変わらぬまでにはなった。

新陰流の皆伝持ちの若い州次郎には敵《かな》わぬかもしれぬが、私もまた一刀《いっとう》流の皆伝持ちだ。

動かずに、待ち構えて捌くだけなら、二人を相手に、持ち堪《こた》えられる。私よりも強くなければ、だが。

州次郎はどうか。

皆伝持ちとは知っているが、今まで人と斬り合うことなどなかっただろう。私とて、捕物で十手が役に立たず、仕方なく刀を抜いて二度三度振るっただけだ。それも振るっただけで、人を斬ったことなどない。

だが、信じて後ろを任せるしかない。

眼の前の二人は、間違いなく手練《てだ》れだ。

こうして人を襲うことに慣れている。奇襲しようと待ち構えていたのを、先に州次郎に見破られて、構えられたことで、もう我らの技量を知ったのだろう。

無闇に突っ込んでこない。

じりじりと、尺取り虫のように前に詰めながら機を狙っている。

こちらに分があるのは刀の長さだけか。いかなる理由からか、五人とも刀が短い。脇差よりは長く、大刀よりは短い。屋内での立ち回りに適した刀だろうか。短くとも懐に入られたら長さの利も何もないが、この開けた場所では明らかに長い方が有利。

若い州次郎を、守らねばならぬ。

この場で命を落とさせてはならない。

死ぬなら、私だ。もう十二分に生きて、今さら惜しむ命でもない。私の前の二人を倒せば、道が開ける。

州次郎の足なら逃げられるだろう。

「堀田」

「はい」

「一緒に私の前の二人を最初に倒すぞ。そのままお前は走れ」

「いけません」

「長引けば、不利。行くぞ」

動き出そうとしたその時、音がした。

風を切る音。

その音とほぼ同時に鈍い音と叫び声が上がり、男が一人のけ反るようにして倒れた。

驚く間もなく、もう一人も同じように倒れた。

石飛礫《いしつぶて》？

確かに倒れた男の脇に子どもの拳ほどの石が転がり落ちた。

「これは」

他の三人も呻《うめ》きながら腰を折る。刀が落ちている。

刀を持つ手を狙ったというのか。この暗闇の中で。

しかし、手を打たれただけだから、倒れない。持ち堪え、先に頭を打たれて動けぬ二人の男を抱えるようにして、闇の中へと逃げ去ろうとしている。

「追うな！」

州次郎が動こうとするのを止めた。追えば、また斬り合いになる。そして、私は追えない。州次郎一人を行かせるわけにはいかぬし、深追いは禁物だ。

石を探した。

（あった）

拾い上げる。どこにでもあるような、石だ。しかし、そこらで適当に拾った石ではないだろう。

明らかに持ちやすく投げやすい。あるいは、道具を使って使いやすい形にしてある。

何よりもきれいにされている。

（武器だ）

予《あらかじ》め用意してあった投擲《とうてき》のための石。

と、すると、この石を投げた者は、わざと残った三人の頭は狙わなかった。二人だけ倒して、後の三人は利き手を壊して退散させるためにそうした。殺そうとはしていなかった。ひょっとしたら頭を打った二人は死んだかもしれぬが、この大きさの石ならば、一撃で命を落としたということはあるまい。

辺りを見回したが、もちろん何も見えない。気配もない。

手練れだ。

剣の使い手は何人も知っているが、このような技を使う者には会ったことはない。

「日下様」

「うん」

州次郎が提灯に火を灯し、持っていた。

「どこも怪我はないよな」

「ありません」

「これが、投げられた」

石を見せた。州次郎が提灯をかざす。

「石、ですね」

「こんなものを武器に使う者に心当たりはあるか」

「ありません。狙っていましたよね？　頭と、手を」

「間違いなく」

助けてくれた。私たちを。

「日下さんに心当たりは」

「無論、ない。しかし堀田。私とお前がここに来るのを知っている者は、誰一人いないぞ」

「そうですね」

つまり、私と州次郎を助けてくれたこの石を投げた者は、私たちを尾《つ》けてきたことになる。

「まさかお前は、実は葵《あおい》のご紋のご落胤《らくいん》で、いつも隠密や何かに守られているということはあるまいな」

「ありませんよ。そんな身分ならさっさと遊びほうけています」

もちろん冗談だが、そうとしか思えない。明らかに、誰かが州次郎を助けたのだ。私をではないことは、確かだ。

「待て」

提灯の灯りが見えた。男たちが走り去った方から、人が来る。少し揺れているのは早足で歩いているのか。

身構える。しかし、また襲うつもりなら提灯を持って歩きはしないだろう。もう日がとっぷり暮れて顔は判別できない。しかし、姿形からは、細身の男だ。百姓ではない、か。商人か？

「八丁堀の方ですか?」

柔らかな声が響く。州次郎が、何か気づいたように肩の力を抜いた。

「遠州屋さんですか?」

遠州屋?

「これは、堀田様。このようなところで会うとは」

ようやく顔が判別できた。

知っている。遠州屋。秣商の遠州屋だ。尻端折り《しりはしょ》りに股引姿なのは、ここらの秣農家でも訪ねていたか。

遠州屋が、後ろを振り返った。

「凄い勢いで走り抜けた連中がいましてね。しかも人を抱えて。これは何かあったのかと急いで来てみたのですが」

「そうでしたか」

州次郎はこの男と馴染みらしい。表情からも見て取れる。

「何かありましたか?　もし怪我などあるようでしたら、そこの農家は馴染みです。休んでいかれることもできます」

＊

思いがけぬ奴が小伝馬町に顔を出してきた。

「左乃字《さのじ》」

「ご無沙汰いたしました」

品川宿にやっていた下っ引きの左乃字。

いつの間に牢屋敷内に入り込んでいたのか。私に使われているのは皆が知っているし、元々はここで下男もやっていたのだから、そのまま入ってきたとしても誰も見咎めたりはしなかったのだろう。

「品川から戻ってきたのか」

「へい。ついさっきなんですが」

戻ってくるもよし、そのまま品川宿の宿屋〈敦洞屋《とんどうや》〉で働くもよし、好きにしろと文には書いた。

「すると、またこっちの暮らしに戻るつもりなのか」

左乃字が少しく眉を顰めた。

「いえ、もうすっかり向こうの水にも馴染んでしまいましたからね。まだしばらくはこのままでいようと思いますが、ひとつだけ直《じか》にお伝えしたいことがありやして」

「何だ」

今までも報告は文でやりとりしていたのだが、直に言いに来るとは。

「おちかさんに何かあったのか」

金蔵の娘だ。〈敦洞屋〉の夫婦に引き取られてそこの娘となっているが、婿をとり跡継ぎになるはずだ。

「何にもありません。お元気ですよ。そこはご心配いらないのですが、近くの店と宿で働いていた男が二人、消えたんですよ」

男が消えた。

「それは、いきなりそこの職を放り投げて、宿場からいなくなったということか」

「その通りです」

「どういうことだ」

左乃字が、唇を歪めた。

「その二人、斜向《はすむ》かいの〈五島屋《ごとうや》〉という宿で下働きしていた五肋《ごろく》ってのと、小料理屋の〈ますや〉ってところで板前やっていた善次《ぜんじ》というんですがね」

「その二人とも、名に覚えがあるな」

「へい、金蔵が捕まって、あっしが〈敦洞屋〉でおちかさんを守るために働き出したのとほぼ同じ頃に品川宿にやってきたんです。それは以前にお知らせしました」

そうだった。人の動きがあったときには念のためにとそれも知らせるようにしておいた。そこにあった二人か。

「その二人をずっと見ていたのか？」

　はい、と頷く。

「勘、ですがね。こいつらは以前に何かしらやっていたなと。それで気をつけてはいたんですが、今まではずっと真面目な仕事ぶりでしたし、悪い評判もなしでした」

「それで、その後は名も聞かなかったのか」

「へい。それぞれにこのままそこに居続けるふうでしたので、俺の思い過ごしだったかと考えていたんですが」

　その二人が、急に消えたか。

「雇っていた宿の主も小料理屋の女将《おかみ》も驚いていました。こんなふうに何も言わずに辞めるような男ではないと思っていたのに、と。いずれ大事な仕事も任せようと思っていた程だったそうです」

　それは確かに奇妙な話だ。そういう真面目な男が、一人ならいざ知らず、二人も同時に勝手にいなくなるとは。

「つまり、その五助と善次は、同じ時期にやってきて同じ時期に消えた」

「金蔵が捕まった頃にやってきて、死んだら消えた、ってことなんです」

　息を吐いた。

「何か、ある、な」

「そう思いやしてね。善次と一緒にいたおこう、という女がいました。この女も可哀想にどうやらあっさり善次に置いていかれたようなんです」

「いずれ一緒になる約束でもしていたのか」

「そのようです。そのおこうから上手いこと聞き出したんですが、善次の野郎は大金を摑んで消えていったと」

「大金と？」

こくり、と、左乃字は大きく頷く。

「おこうの話じゃ、十両や二十両じゃあきかねぇとか。少なくとも百両はあったんじゃねえかって話です」

「百両」

まさしく、大金だ。

「それを、そのおこうとやらは見たのか」

「見た、と、はっきり言っていました。五助が持ってきて山分けのようにしているところを」

山分けして、百両。

「それは、ひょっとしたら金蔵が隠していた金か」

金蔵が、奪った金を隠しているという噂は間違いなくあった。そもそも捕まったときに金蔵の一味があちこちで仕事をして奪った金は、数えて千両はくだらなかったはずなのだ。

それは、捕物では見つかっていなかった。散り散りになった幾人かの仲間が持って行ったのか、それとも金蔵が隠していたのかもわからず仕舞い。金蔵は一切吐かなかった。それが長いこと牢に留め置かれたわけのひとつでもあったのだ。

「善次と五助は、金蔵の一味だったということか？」

「もしもそうだとすりゃあ、一本、話の筋は通るな、と考えましてね。こうして日下様に直に話をしに伺った次第で」

確かに、繋がる。

話が通る。

金蔵は奪った金を隠していた。手下たちにも配っていなかった。だから、手下たちはそれを何らかの方法で手に入れたかったが、今まで上手くいかなかった。

それで、二人は金蔵の娘のおちかを見張っていた。ひょっとしたらおちかが知っているかもしれない。あるいは、おちかのところにあるのかもしれない。何らかの手段で届くかもしれない、と。

だが、来なかった。なかった。

「善次と五助は、〈敦洞屋〉を探っていたのか」

「そんな素振りは見せていませんでしたが、ひょっとしたら女中たちや出入りの商人たちと繋がって探っていたかもしれません」

「そうだな」

確かにそれは充分に考えられる。

長いこと探していた金が、届いた。

「金蔵が死んで、金が来た、のか」

二人が金蔵の手下というのも、もちろん考えられるが、左乃字には言えぬがもうひとつの筋もある。

善次と五助が、ざりば、というものだ。

金蔵は、ざりば、という講を持つ連中に金の在り処《あか》を吐かされて牢内で殺された。だから、金蔵を殺した者は、その文字を見た吉五郎を殺した。そして私や州次郎をも殺そうとしたのか。

中助はまだ見つかっていない。今日もここには来ていない。同じように殺されたか、ひょっとしたら中助さえも、ざりば、の仲間だというのもありうる。あの畳の文字を見つけたのを知っているのは我ら三人だけなのだ。中助が、ざりば、の仲間と考える方が、むしろ自然だ。

ざりば講の裏で盗っ人を殺して金を集める連中は、まだ奉行所にさえ上がってきていない陰の、闇の中にいる集まり。そういう連中。

そう考えれば、私と州次郎を襲ってきたあの五人の風体にも納得がいく。まだわからぬことばかりだが。

私と州次郎を救ってくれた者のことも、何もわかっていない。

州次郎の話のように、ざりば、というのが商人たちの講で、盗っ人に奪われた金を取り戻すためのものならば、百両もの金が流れるのはどうなのか。

いや、それも当然なのか。取り戻すために盗っ人を捜し出して殺すという仕事をするのだから、それだけの手間賃を持って行くのか。

まだどちらともつかない。

「左乃字」

「へい」

「その二人の人相と風体は描けるか」

「描けます」

「では、それを描いてくれ。そして、姿を隠せ」

左乃字は眼を細めた。

「何も訊くな。思い過ごしかもしれぬが、こうやって私のところに来たのを誰かに見られているかもしれぬ。私は、命を狙われたのだ」

「旦那が？　何故です」

「訊くな。とにかく、命が惜しかったらこのまま品川へ帰れ。後ろには充分気をつけろ。誰かに私と会ったのを見られたり尾けられたりしたとわかったら、品川からも消えろ」

自分を守れ。

「しばらくしたらでいい。どこにいるかを、奉行所の誰にも知られないように私に教えろ」

調べがつき、事が終わったなら、戻ってきていいと伝える。左乃字が頷きながら、顔を顰めた。

「俺は何かあっても自分でどうにでもできますが、旦那は平気ですか。その足じゃあ今度また何かあったとしたら。俺が傍にいた方がいいんじゃないですかい」

「大丈夫だ」

強い味方はいる。

堀田州次郎と、遠州屋佐吉。

「時間は掛かるかもしれんが、何とかしてみせる」

ない。

　養母上《ははうえ》のこのような表情は、ひょっとしたら私が養子に来てから初めて見るかもしれない。

　子どもを見る母親の瞳というのは、こういうものだろう。柔らかく慈しみに、そうして強いものに満ちた瞳。思えば、私の母上もきっとそうだったのではないか。このような慈愛に満ちた瞳で私を見ていてくれたに違いない。

　まだ子を持たぬ自分にははっきりとはわからぬ気持ちではあるが、それでも、可愛らしい子どもを見ていると胸に、この弱きものを守らねばならぬという気持ちが満ちてくる。それは人としてというより、生き物の根っこにあるものではないか。

「るう、という名はどなたが付けてくれたものなのかしら」

　おるうちゃんは少し困ったような表情を見せて首を傾げてから、申し訳なさそうに少し頭を下げた。

「わかりません。そのような話をする前にもう父母とは離れて暮らしていました」

　確かに、るう、とは余り聞かぬ響きの名前だが、おるうと呼ぶと妙にこの子にしっくりとくる。

そして、おるうちゃんの声は、何故かとても心地よく響いてくるのだ。

これぐらいの年頃の女の子に接したことがないわけではないからわかるが、おるうちゃんは人一倍澄んだ声音《こわね》を持っているのだ。子どもは、特に女の子の声は高く柔らかく響くものだが、おるうちゃんの声音にはそこに深みと丸みがあるようにも思う。

どこか、懐しくも響いてくる。

(そうか)

寺に預けられていた頃に、聞いたような声音かもしれない。

あの寺は尼寺ではなかったが、時折に尼僧が訪ねてきて私によく話をしてくれた。声明とはたぶん違ったのだろうが、似たようなものを私に聞かせてくれていた。それが何のためだったのかはわからぬが、いつもいつの間にか眠ってしまった。

その尼僧の声明のような響きに、似ているのかもしれない。

「それで、州次郎さん。おるうちゃんはいつまで家に」

「はい、二、三日かあるいは四、五日になると思います。いずれにしてもそれほど長い間ではありません。ご面倒お掛けしますがよろしくお願いします」

「子どもの相手が面倒なことあるわけないじゃないですか」

「わたしは、台所仕事でもお掃除でも何でもお手伝いできますので」

おるうちゃんが言う。

「嬉しいわ。一緒に暮らす娘ができたみたいで」

「それを言うなら孫ではありませんか」

「そう思うのならば、早くどなたか良い嫁御を娶ってくれないと」

あぁ、と、私が大袈裟に顔を顰めると、二人とも笑った。

私と養母上以外の笑い声がこの家に響くなど、本当に久しぶりではないか。それも女の子ならば初めてだろう。

どこか嬉しくなってくる。心が沸き立ってくる。子どもが、女の子がいるというだけでこんなにも家に明るい風が流れるものなのか。

養母上には、何も理由を話していない。ただ、お役目上、この子をしばらく預かることになった、と。それはおるうちゃんの身を守るためであり、いずれ何もかも解決したならば、話せることもあるかもしれない、と。

もちろんお役目とあれば、しかも子どもの身を守るためならば是も非もありませんと言ってくれた。そういう人なのだ養母上は。聡明《そうめい》で、そして優しく強い。

「怪しげなことなどは何もないとは思いますが、念のために吉次さんには私が勤めに出ている間も、ずっと家にいてもらいます」

「わかりました」

私は奉行所に行かなければならない。そして、おるうちゃんがここに来ているのは誰にも内緒の話だ。誰かに知られたのならば、遠縁の子をしばらく預かっているとしてもらう。吉次さんにも養母上にもそれで話を通すように含めた。

何もかも、〈ざりば講〉を探るためだ。

いや、〈ざりば講〉の裏にいる者たちと対峙《たいじ》するためだ。

亡き養父上の無念を晴らすため。

何よりも、江戸の治安を預かるものとして、法を犯す者たちを一網打尽にするため。

＊

「覚悟を決めなきゃあ、ならないようですね」

日が暮れて山からは冷たい風が下ろしてきていた。近くの農家の離れ屋を使わせてもらい、囲炉裏《いろり》端で一息ついていた。

そこで、牢であったことや襲われた一部始終を話すと、唇を歪めしばらく何かを考えるように下を向いてから、顔を上げ佐吉さんはそう言ったのだ。

「覚悟、とは何かね」

水をもらい沸かした白湯を飲み、日下さんが怪訝《けげん》そうに訊いた。日下さんには私が遠州屋佐吉さんに、〈ざりば講〉について話したのを教えてはいなかった。

「それは佐吉さん、〈ざりば講〉についてのことでしょうか」

「そういうことです。日下様にはもう話しておいでなのでしょう？」

日下さんが私を見るので、頷いた。

「〈遠州屋〉も知っているのか？」

「私が、話しました」

〈遠州屋〉さんが今まで一度も盗っ人に入られていないことに気がつき、佐吉さんに大店の調べを助けてもらうために話したことを全部日下さんにも言うと、なるほど、と大きく頷いた。

「しかし〈遠州屋〉も、〈ざりば講〉については何も知らぬのだろう？　それなのに今、覚悟、などと思わせぶりに言うのは、何だ」

佐吉さんが、少し息を吐いた。

「〈ざりば講〉については確かに何も知りませんでした。誰がやっているとかどのようにとかはですね。それは誓って本当ですよ。けれどもね、あたしは堀田様に話を聞いたときにね、少しだけ嘘をついたんですよ」

「嘘？」

「〈ざりば講〉をやっている大店の主たちが誰なのかは知りませんが、〈ざりば講〉の向こうで盗っ人たちを捜して殺している連中が本当にいるのならば、それには心当たりがある、という話なんです」

心当たり。

「そいつらを知ってるってことか!」

「見知ってはいませんよ。ただおそらくは、いえ十中八九はそうであろうと思っていますよ」

「何者ですか」

訊くと、佐吉さんは私の眼を見据えた。

真っ直ぐに。

「堀田様が、堀田家に養子に来てこいつに関わっちまったのは、きっと運命なんでしょうねぇ」

「運命」

「堀田様は、実はその連中とは縁が深いんですよ。ある意味では、仲間と言ってもいいぐらいなんです」

「何ですって?」

仲間、と?

「そしてあたしもですよ。同類なんです。覚悟を決めなきゃならぬと申し上げたのは、そういうわけです」

〈隠れ〉と、佐吉さんは教えてくれた。

自分のことをそう呼ぶ人たちが、江戸ばかりではなくこの世には人知れず数多くいると。ちゃんとした数などを数えることはできないし、はっきりとわかっているわけではないが、もしも千や二千の人が集まったならば、その中に一人や二人は必ずいるのではないかと。

それは私の持つ匂いを嗅ぐ力のように、間違いなく人が天然自然に備えた力のひとつではあるが、常人のそれを遥《はる》かに凌《しの》ぐ何かしらの大きな力を持って生まれてしまった者たちだと。

「匂いを嗅ぐ力とは、何だ？」

それも日下さんには教えていなかったので、話すと驚いていたが、深く納得してくれた。

「そんな気はしていた」

「そうなのですか？」

「いや、お前には内から湧き出る力のようなものがあるとは感じていた。まさかそんな力とは思いも寄らなかったが」

さもありなん、と、いうふうに佐吉さんも頷いた。

「日下様も一刀流の免許皆伝。剣術に関してはそれ相当の力をお持ちでしょう。そういうお方は何となく感じてしまうものです。〈隠れ〉の持つ力を」

「それは、たとえば殺気を放っているといった類いのものと考えればいいのか」

「似て非なるものの、同じようなものでございましょうね。剣の達人ではなくとも、ふいに何か気配を感じたりするのは並みの人でもあることでしょう。〈隠れ〉の気配は同じ類いの人間ならば、何かしら感じます。江戸の町を歩けば、ごくたまに見かけることもありますよ」

「〈遠州屋〉には、そいつらが見ただけでわかるのかい」

「わかりますよ。ただ、あたしのように見ただけで何もかもわかる〈隠れ〉も、これはまた少ないものです。実際、堀田様はわからないでしょう？　そんなことを考えたこともないはず」

　確かに、と頷いた。

「怪しげな気配を漂わせる輩に気づくことはあるが、それとは違うものでしょうね」

「それは荒くれ者や悪党どもでしょう。八丁堀の方々ならばそんな輩の立ち居振る舞いに敏感になるのは当然のこと。ですが、〈隠れ〉になってしまう者はそんなものではありません。ご自分の鼻の力を思えばわかりましょう。本当に、尋常ならざる力です」

　私も、自分のこの匂いを嗅ぎ取る力は、見えぬものの匂いを感じる力は異常なものだとわかってはいたが。

「何故私は、その〈隠れ〉と呼ばれる者たちを知ることはなかったのですか」

佐吉さんは静かに頷きながら、私を真っ直ぐに見つめた。

「堀田様は、一際違うのです。〈隠れ〉たちが呼ぶところの〈ひなたの隠れ〉だからです」

ひなたの隠れ。

「彼らが自分たちを〈隠れ〉と呼んだように、そういう力を持って生まれてしまった者には常に闇がつきまとうものです。大きな力とはお日様の光にも似ています。お日様に照らされれば、その下には真っ黒い影も色濃くできますね。それは闇として心の中に巣くってしまうものです」

光と影か。

「それは、悪心みたいなものなのか。〈隠れ〉と呼ばれる者たちは、いつ何時その闇に囚《とら》われ悪事を働いてしまうかわからないというのか」

日下さんが訊いた。

「わかりやすく言えばそうでしょうね。ですから、その影に囚われぬように飲み込まれぬように家を造りそこに隠れたのが〈隠れ〉なのです。家の中に入れば屋根がありますからお日様の強い光は当たらず、影も薄いままです。人様に迷惑を掛けることなく、静かに暮らすことができる」

「家を造る、というのは譬《たと》え話ではなく」

「譬えでもあり、この世の話でもあり、です。そして、その家を造らずとも、ひなたを歩き影にも囚われることなく生きていける希有《けう》な者を、自らの力を闇どころか光にも変えた〈隠れ〉を、〈ひなたの隠れ〉と呼んでいるのですよ。それが、堀田様です」

私が。

「何故ですか。何故に私はそのような者に」

「そりゃあ、さっぱりわかりません。理屈がわかったのなら〈隠れ〉の誰もがそうなりたがるでしょう。己の心の闇に怯《おび》えることなく、真っ当に文字通りにひなたを歩く人生を歩んでいけるのですから」

ただ、と、佐吉さんは続ける。

「まだ幼い頃に山寺に預けられたと言いましたね？　ひょっとしたらそこで何かしら囚われることなく歩ける術を教えられたか、治されたのかもしれませんね。こう聞かされて何か思い当たることはありませんか？」

あの山寺で。

考えてみる。

「正直、覚えていることは少ないのだ。ただ、父母や家族と別れ、ひとり山寺での暮らしが、楽しかった」

「楽しかったのか？」

日下さんが訊く。

「そうなのですよ。そういう気持ちが残っています。家に帰るときにはもう少しここで暮らしていたいと思ったほどで。それと」

あの、尼僧たち。

「何度となくやってきて私に話というか、声明というか、よくはわからないのですが耳にも心にも心地よい声を聞かせてくれていた。思えばそれで私は自分のこの力を楽しむようになっていったようにも思います」

「力を楽しむとは？」

「眼に見えぬものがそこにどれだけいるかを数えてみたり、向こうの小屋に誰がいて何をしているかを匂いだけで当ててみたりと。子どもも心にそういうのを楽しむようになっていったかと思えます」

それなのだろうか。

私と、その隠れを分けたのは。佐吉さんが、小さく微笑んだ。

「わかりませんが、それは確かにあるかもしれませんね。楽しめるってことは、あたりまえですが影とはほど遠い思い。人の力はそういうあたりまえのことに大きく左右されましょう」

日下さんが、眼を細め少し首を傾げて佐吉さんを見た。

「しかし、〈遠州屋〉も同類ならば、その〈隠れ〉ってことなのだろう？　だがお前は真っ当な商人であり、それこそひなたを歩いているように見えるが」

「あたしはね、日下様。〈ひとり隠れ〉なんですよ」

「ひとり隠れ」

「そいつは〈隠れ〉の仲間の手を借りずとも、自分がどういう類いの人間であるかを幼い頃からしっかりとわかって、そうして自分の力でまともに真っ当に暮らしていけるようになった、影に囚われない〈隠れ〉なんです」

幼い頃から。

「すると、〈隠れ〉のことも人から教わることなく、自分で了解したのですか？　まだ幼い頃に？」

「そういうことですね。そもそもが、そういう〈判《わか》る力〉を持って生まれたんです。そりゃあもうあたしは小生意気ないけ好かない子どもだったと思いますよ」

「すると、あんたみたいな〈隠れ〉はそう滅多にはいないってことか」

日下さんに、佐吉さんが頷いた。

「まずほとんど。先程の譬えで言いますと、仮に千人の〈隠れ〉がいたなら、あたしみたいなのは一人いるかいないかでしょうね。だからこそ〈ひとり隠れ〉なんて呼ばれているんですよ」

「州次郎はどうなのだ。〈ひなたの隠れ〉はどれぐらいいるもんなんだ」

「あたしみたいな者よりも、少ないでしょう。一万の中の一人か、あるいは十万の中の一人か。なにせ誰も会ったことがないと言われるほどですが、そう呼ばれるぐらいだから間違いなく存在はしていたんでしょうね」

「つまり、それ以外の普通の、普通というのは違うかもしれぬが、〈隠れ〉は同じ仲間の手を借りなければ自分がそういう存在であるともわからず、闇に囚われてしまう者も多い、と。そうやって闇に墜《お》ちた者たちが〈ざりば講〉の向こうにいる」

佐吉さんが、ゆっくりと大きく頷いた。

「さすが堀田様。そういうことです」

「俺たちを襲ったのも、その闇に囚われた〈隠れ〉なのか」

「〈闇隠れ〉と呼んでいるようですね」

「闇隠れか」

言い得て妙とはこのことか。

「まず間違いなく、そいつらが〈ざりば講〉から人殺しの依頼を引き受けているのでしょう」

「何人ぐらいだ。そういう連中はどれぐらいこの江戸にいるものだ」

それは、と、佐吉さんは顔を顰めた。

「あたしにもわかりません。〈隠れ〉と名付け〈隠れ〉となるために家を造って屋根の下に住まわせているお人ならば、わかるかもしれませんが」

「それは、誰ですか」

「引き合わせるためには、まずは堀田様の場合は自分が〈ひなたの隠れ〉であると悟る必要があるでしょう」

悟る。

「知っただけじゃあ、駄目なのですか」

駄目ですね、と、佐吉さんは軽く頷く。

「剣術と同じですよ。型を知ったところで強くはならないでしょう。身体を鍛練した者が剣に長けるものでもない。本当の心の強さが己の身の内に宿ってこそのものではないですか？」

「まさしく、そうだな」

日下さんが大きく頷く。

「悟りとは大袈裟だが、その剣の真髄は教えられて身に付くものじゃない。まさしく己の中で見つけるものだろう」

「そうでなければ話もしてくれませんし、会ってもくれないでしょう。道案内が必要ですね」

「道案内とは」

そのものですよ、と佐吉さんは続けた。

「家に向かうにしても、道を知らなきゃ行けませんから。その道を知り、堀田様に御自身が〈ひなたの隠れ〉であることを納得させる者ですね」

そうすれば、きっと話ができるでしょうと。

〈隠れ〉と名付けた者に。

＊

その道案内が、おるうちゃんだった。

一度だけ、佐吉さんに頼まれて向かった先の、煙草屋の菅季屋で出会った女の子だ。

そのときにも随分と大人びた、そして澄んだ瞳を持った女の子だと感じたのだが。

おるうちゃんは〈隠れの子〉だと。

それも、ひょっとしたらこの世でただ一人の、〈隠れ〉の力を消せる力を持つ子だと。

消せるということは、その反対に出すこともできる。

それ故、おるうちゃんが、きっちりと〈隠れ〉の家への道案内をしてくれるだろうと佐吉さんは言った。

何かをしたわけではなかった。また、するわけでもなかった。ただ、おるうちゃんが私の家で暮らし、一緒に飯を食い、いろんな話をした。それだけだった。

それなのに、わかった。

おるうちゃんが家に来てから三日目の夜だった。

ふいに、それがやってきたのだ。

夕の膳を囲んでいたときだ。それまではただ嗅ぎ分けていた様々な食べ物の匂いのうち、ひとつだけを選んで嗅ぐことができた。

沢庵《たくあん》だ。沢庵を食べようとしたときに、その沢庵の匂いだけを選び取って嗅ぐことができた。

「あ」

思わず声を上げてしまった。

「どうしました」

「あ、いや、沢庵が旨いなと」

養母上が怪訝そうな顔をする。

「いつものですよ。それとも漬かりがよくなりましたかね」

「そうかもしれませんね」

誤魔化したが、おるうちゃんが私を見て、何かに納得したかのように小さく頷いていた。私もまた、そうか、と小さく頷いてしまった。

わかったのだ。

自分の力が。

今までももちろんわかってはいた。自分の匂いを嗅ぎ取る力は物凄いものだと。その気になれば見知らぬ家屋の塀の向こう側でも、その部屋に何が置いてあるかを全て嗅ぎ当てることはできた。

そこにないものでも、何の匂いかを嗅ぐことができた。

だがそれは、全ての匂いを嗅いでから、頭の中で分けていたのだ。これはあれ、これはあれ、と。

今は、違う。

全ての匂いを、ひとつひとつ選んで嗅ぎ分けられる。まるで、弓を引き矢を狙った的に当てるように。

養母上の髪の油の匂い、懐に忍ばせた匂い袋の香り、おるうちゃんの着物の帯の匂い、自分の手指の匂い。畳の匂いさえ一畳ごとに。壁の匂いも一尺ごとに分けて狙って嗅ぐこともできる。

剣術で、相手の太刀の切っ先を鼻先で躱《かわ》す術を覚えたときのようだ。つまり、間合いを会得できたときと同じ感覚だ。

相手と対峙しただけで向こうの間合いを感じ取れるようになれば、それはもうどんな相手だろうと負けない。そこから踏み込んでこちらの剣が届いて勝てるかどうかはまた違うが、少なくとも間合いを取っている限りは負けはしない。

本当の剣の達人同士の立ち会いが、ほぼ一瞬で勝負がつくのはそれ故だ。互いに間合いがわかっているから、余計な動きなど、しない。

ただ、そこに至る道筋を、間合いの攻防を組み立て、動く。

これは、凄い。

悟る、と、佐吉さんが言ったのはこういうことか。

私が今まで嗅いでいたのは、ただの匂いだった。今、私が嗅ぎ分けているのは、そこにいる命あるものだ。

およそこの世に在るものはすべて命の光あるものだ。生き物に虫に草木はもちろんのこと、風にも水にも石くれにさえも命の光の輝きがあってこそ、そこに在る。

それが、わかった。

そしてこれが〈隠れ〉になった、いや〈隠れ〉として生きている人たちと同じ類いの力なのだと理解できた。

自分が〈ひなたの隠れ〉と呼ばれることも。

私は、闇を恐れない。

己の力が光と共にあることがわかっているからだ。

これはきっと最初からそうだったもので、寺で過ごしあの尼僧たちの声明のようなものに引き出されたのかもしれぬ。

おるうちゃんの胸の内にある闇も、理解できたような気がした。

もちろん、おるうちゃんの力も。

＊

三河島には植木屋が多い。

根岸の別荘辺りにも近く、そこの庭を造作普請するのにも便利らしい。

ここいらで商いをする植木屋の中でも一際大きく、まるで武家屋敷のような門構えと広さを誇る植木屋がある。

〈神楽屋〉だ。

主である神楽鉄斎の評判はすこぶるいい。

植木屋とはいえ、まるで一万石の大名屋敷のようなと噂される程の大店ともなると、やっかみ半分からいろいろな悪い噂のひとつや二つは流されるものだろうが、そのようなものはひとつとして出ていなかった。

（それで見逃してしまったところもあったな）

おるうちゃんを連れて一緒に〈神楽屋〉に行きましょう、と佐吉さんに言われたときに、思わず自分のおでこを叩きそうになった。

以前に大店を調べたときには、植木屋がまったく頭の中から抜け落ちていたのだ。大店とは、江戸市中に大きな店を構えた商家だと迂闊にも決めつけて思い込んでしまっていた。

（確かに、〈神楽屋〉さんは大店だ）

そして、おるうちゃんは〈神楽屋〉さんで奉公をしている子だと。

つまり、家なのだ。

〈神楽屋〉さんが〈隠れ〉の人たちの屋根になっているのだ。

おるうちゃんと一緒に行くのだからと、日下さんも歩いていくことになった。子どもの足に合わせるのであれば、膝もそう痛むこともないらしい。

日下さんは普通の人であり〈隠れ〉ではないが、〈ざりば講〉のことを知り一度は命を狙われたのだから、全てを知る必要があると佐吉さんが話を通してくれたらしい。

〈神楽屋〉の主、神楽鉄斎に。

以前に、別の件でこの〈神楽屋〉さんを調べたことがある。

その昔にある僧侶が、この地に〈植留《うえとめ》〉を作り植木栽培を始めたのが〈神楽屋〉の最初とされていた。

それをここまで大きくしたのが、神楽鉄斎だ。

伊勢津藩主の藤堂和泉守《とうどういずみのかみ》の下屋敷の庭を造ったのを切っ掛けにして、将軍家出入りの植木屋になり名字帯刀も許された。植木や庭園造作はもちろん盆栽から菊作りまでおよそ土に根差すものなら何でも扱い、その品の質も腕も天下に比類なしとまで評判を取っている。

神楽鉄斎は、自身の財で敷地内に多数設けた〈神楽長屋〉の大家となり、そこに自分のところで働く皆を住まわせ、なおかつ行き場のない人間にも仕事を与え、長屋に居場所を与えている。

なにせ、植木屋だ。

樹木や苗木や花の世話はもちろん、盆も盆器も鉢も作る。注文に応じて、植物の奇品を求めて各地の山に分け入り様々な植え物を集めて、そしてこの地に根付かせる。根付いたらそれを商品として売り、庭園を造作する。

その方面の知識はあまりないが、その仕事の多様さと大変さ、そして人手の入り用は容易に理解できる。大きくなればなるほど、人手はいくらあっても足りぬ程だろう。実際、〈神楽屋〉の袢纏を着た人間を見ない日はない、と言われている程だ。

市中見廻りのときにも、〈神楽屋〉で働く者を必ず見かけている。

「〈神楽屋〉さんでは、おおよそですが、二百もの人が雇われているんですよ」

道々、佐吉さんが教えてくれた。おるうちゃんも頷いている。

「その全てが〈神楽長屋〉に住んでいるわけではないんだろう?」

「はい」

おるうちゃんが嬉しげに微笑んだ。

「独り身で、国中の山を歩き回るか、あるいはそこに住んで草木を育てて〈神楽屋〉に送るご用を務めている人もいます。石を集めて歩いている人も。でも、そういう皆さんの部屋もちゃんと長屋にはありますよ」

残りの、女房子どもや家族を持ち、江戸に根を張る者たちが〈神楽長屋〉に常に住んでいるらしい。

「皆が〈神楽屋〉の職人でもないいな」

日下さんが言う。

「そうです。そんなに多くはないですけれど、大工さんもいれば、ご飯屋さんや旅籠で働く人もいます。そういう人たちも長屋から通っています」

神楽鉄斎自身は、独り身と聞いた。

仕事の話とあれば駕籠も使わず自分の足で歩いてどこへでも出掛けていくが、宴席の類いには一切顔を出さず、ただひたすら己の仕事のみに精を出している。

「身寄りのない子どもを引き取って育てて仕事を与えているともな」

「そうです」

「それは、〈隠れの子〉ではなくてもかい？」

「はい、普通の子どももいます。大きくなってそのまま職人として働いている人もいれば、違う商家へ奉公へ出て、そこで生きる人もいるそうです」

「〈隠れ〉のことは知らせずに？」

おるうちゃんが、大人びた苦笑を見せた。

「堀田様は、日々の暮らしでその力を使って人に見せつけたことがありますか？」

「あぁ、いや、ないな」

「皆さんは、今ずっと〈隠れ〉と言葉にしていますが、わたしたちがそれを人前で口にすることはまずありません。力を使うことも普通の人の前ではありません」

何も知らなくても一緒に暮らしていけるのだと。そうするために、皆が同じ屋根の下で暮らしているんだとおるうちゃんは言う。

「それに、一緒に暮らしていれば何となく察してしまうものです。長屋を出てどこか違う場所で生きることを決めた人には、そのときにきちんと言い含めているそうです。それができる人たちが、集まってくるのです」

そうなのだろう。聖人君子とも呼ばれる神楽鉄斎。その人柄も含めて、ひとつの大きな家族のようなものなのだろう。

「鉄斎さんの〈隠れ〉の力とは何なのですか」

訊くと、佐吉さんは首を捻った。

「あたしは知りませんよ。そもそも教えるようなことじゃあありませんね。あたしの力もはっきりとは言ってないでしょう？　堀田様は自分の得意な剣術の形を人にぼろぼろと教えますかね」

「確かに」

そうだった。隠しているから〈隠れ〉なのだ。私の場合はそうとは知らずにぼろぼろと人に話しているのだが。

「わたしは知っていますよ。そして、教えてもいいです。皆さんになら大丈夫です」

おるうちゃんが言った。

「どんなものかね」

「怪力です」

怪力、と。

「鉄斎さんは、大人が両腕でやっと抱え込めるような太さの大木を、そのまま両手で地面から引っこ抜くことができます」

「なんと」

佐吉さんと日下さんと三人で顔を見合わせ眼を丸くしてしまった。生えている大木を引っこ抜くなど、正に人の所業ではない。

「大岩も一人で動かせますから、植木屋になるために生まれてきたようなものだといつも言っています」

佐吉さんが身体を思わず震わせた。

「そんなつもりは一切ありませんがね、鉄斎さんを怒らすのはやめておいた方がいいようですね」

その通りだと思う。仮に鉄斎さんが下手人になったとして取り押さえようとしても、きっと十人や二十人がかりで向かわなければ無理なのではないだろうか。いや、それでも足りぬかもしれない。大木をも引っこ抜くその力は、人の手足など簡単にもぎ取るのではないか。

「あそこが、門です」

おるうちゃんが笑顔になって指差した。

大体、植木屋の店構えに立派な門などいらない。自分のところの庭がそのまま店開きになる。庭を見せなければその腕も植木の揃いもわからぬのだから、広く見渡せる方がいい。そうして庭に誰かがいれば声を掛け、いなければそのまま入っていくようなところがほとんどだ。

けれども〈神楽屋〉の門はまさに武家屋敷のそれだった。

「話には聞いていましたが、本当に立派な門ですね」

「北町のよりも立派じゃないですかね」

佐吉さんが笑ったけど確かにそうだった。ただし塀があるわけでもない。ただ門があるだけ。そしてすぐに色の違う不揃いな角張った敷石が三つ横に並んでいた。

「この色違いの敷石を同じ色に沿って進んでいけば、それぞれにまったく違う趣《おもむき》の庭園や花を見て、愉《たの》しめるのですよ」

おるうちゃんが言う。

「なるほど」

これは確かに江戸一番の植木屋だと感心してしまった。

「途中には茶屋もあります。じっくり楽しむのには半日はあった方がいいですから、ご飯も食べられますよ」

「そうだろうね」

この広さでは半日どころか、一日がかりでないと全部は回れないのではないか。

「お待ちしておりました」

声が掛かった。

見れば、右手の敷石を四つ進んだところに、印袢纏を着た男が立っていた。

「神楽鉄斎でございます。日下様には、長のご無沙汰でございました」

「本当にな。息災で何よりだ」

まだ日下さんが定廻りだった頃に何度か会ったことがあると言っていた。その頃には
まだおるうちゃんも生まれていなかっただろう。

通されたのは、普段鉄斎さんが暮らしている母屋。

ここにおるうちゃんも一緒に暮らしているという。〈隠れ〉の中でもおるうちゃんの
力は特別。故に、鉄斎さんは実の娘のように大事にしているそうだ。

おるうちゃんがお茶を持ってきてくれた。自分の家に戻ってきたからだろう、うちに
いたときよりも表情が明るい。お役御免といったところか。そのまま、おるうちゃんは
下がっていった。

「さて」

鉄斎さんが、私に向き合い、つと手を腿の上で滑らせた。

「改めて、神楽鉄斎です」

「北町奉行所定廻り同心、堀田州次郎です」

鉄斎さんが、頷き微笑んだ。

「〈遠州屋〉さんから話は聞きましたが、なるほど〈ひなたの隠れ〉。お会いできて嬉しいですね」

鉄斎さんは大きく頷いた。

「嬉しいのですか？」

「もう〈遠州屋〉さんやおるうから聞いていると思いますが、あなたは、そう、譬えるなら旅芝居の一座から大向こうを唸らせる歌舞伎役者が現れたようなものです。素直に嬉しくなるのですよ。こういうお人もいるのだと」

「何だか面映ゆいですが、喜んでもらえるのは良かったです」

頬を緩ませたまま、鉄斎さんは頷いた。

「そうして、〈隠れ〉のこともご理解頂けた様子。まずは、堀田様そして日下様にもきちんとわかってもらえるようにお話しさせていただきます。そもそも〈隠れ〉とは決して徒党を組んだ集団ではありません」

「そうなのですか？」

「徒党を組めば掟《おきて》を作らなければなりませんな。そういう掟に縛られた集団ができあれば誰かの耳に入り、眼に触れることもございましょう。そもそも人に知られてはならない。知られないために〈隠れ〉となるのでございますから」

確かに、道理だと思う。

「ですから、我らは心の内で〈隠れ〉だとしています。こうして同じ仲間と向き合うとき以外は、〈隠れ〉などとは口にしません。自分たちは絆《きずな》で結ばれた親兄弟であると。年長者のことを兄姉と呼び、年下を弟妹と呼びます。長じて人前で親しくするときには同じ上総《かずさ》の国の頭生《ずき》村の出としました。その村は今はもうないのでしょうがね」

茶を一口飲んだ。

「神隠しにあった子どもなどがいますでしょう」

鉄斎さんが、そう静かに言うので、頷いた。

「もしくは何らかの理由で鬼子《おにご》として山に捨てられた子どももいたでしょうな」

「そういうのは聞いたことがありますね」

悲しい話ではある。あるが、今もどこかであるやもしれない。

「そういうのは、大抵の場合がその子どもに〈力〉があったからだと、思いませんか」

「〈隠れ〉の力ですか」

「そうです。人ならざる力があったから、神隠しのように消えてしまった。もしくは鬼のようだと忌み嫌われ、捨てられた。そして、そういう子どもたちを引き取り匿《かくま》い育てた僧がいました。〈然《ぜん》〉と名乗った破戒僧だったそうです」

「破戒僧ですか」

生臭坊主、もしくは戒律を破った僧か。

「この坊主の出自は今となっては誰も知りません。そして然にも人並み外れた力があったようです。然は〈怪力〉だったのですね」

「怪力僧ですか」

それは、鉄斎さんの力と同じものか。

「並みの人の力では無理な程の重い物を持てる。持てるだけなら、そういう怪力の男は捜せばいくらでもいるでしょうが、彼はその力を長い間使い続けることができたそうです。仮に堀田様が日下様を背負ったとしましょう。それは大人なら誰でもできること。しかしその状態でどれぐらい歩けますか」

「歩くのですか」

日下さんと顔を見合わせてしまった。

「一時ぐらいは、何とかなるでしょうかね」

「そうさな。若いお前ならそれぐらいは」

必死でやれば何とかなるかもしれない。

「然は大人を背負って一昼夜も走り続けることができたとか。伝わる話では、ある事情からそうやって京から江戸まで走り続けたそうです。それも軽々と」

「それは凄い」

まさしく、人ならざる力だ。

「彼は、自分と同じような力を持った子どもを、つまり鬼子を親から預けられました。生みの親に捨てられるその子を不憫《ふびん》に思い、そのような子どもにその子の持つ忌まわしき力を自身のたつきとさせるのが、己の生涯の生業と悟り、育て、それぞれに仕事をさせたそうです。荒れ果てた山寺に住めば、おのずと天然自然のものに親しみ草木を育てたり見極めたりすることにも長けてくる」

「そうか」

それで、植木屋か。

「では、〈神楽屋〉の元になった植木屋をここに開いたのが」

鉄斎さんが、にこりと微笑んだ。

「その僧だったのですね。はっきりとしませんが、おそらくは私の二代か三代前のご先祖様だったのでしょう」

「はっきりしないのか？　鉄斎さんは自分の血筋などが」

日下さんが訊いた。

「自分の血が残ることをよしとしなかったのでしょうな。しかし、お聞き及びかと思いますが、私の〈隠れ〉の力を考えるならば、おそらくはその然という破戒僧がご先祖様」

そういう話か。

「〈隠れの子〉を育て、その子が大人になりひとかどの人物になった後、同じ〈隠れの子〉を奉公人として雇う者も出てきたそうです。が、やはり子どものうちはその力が知らず表に出てしまうことがある。したがって、あまり人の眼にも触れずに育てられる場所があった方が都合が良いと、植木屋を」

「植木屋ならば周りは草木だらけ。何があっても隠せるというわけだ」

日下さんの言葉に、その通りです、と鉄斎さんが頷いた。

「あちこちに散った〈神楽屋〉の人間が、また親から見捨てられたり、はぐれてしまった子どもを集めてくる。そうして、〈隠れ〉であるとわからせ、その力を隠して人の世で生きていけるようにする。それが〈神楽屋〉さんでございますね」

佐吉さんが言うと、困ったように鉄斎さんが苦笑いした。

「〈ひとり隠れ〉とは本当に参りましたな。こうして私から話を聞かずとも、何もかもお見通しなのですな」

いや、と、佐吉さんは手を軽く振った。

「千里眼ではありません。私はただ自分に関わる物事を見立てられるだけの〈隠れ〉の力。わからないことも多々あるのですよ」

たとえば、と、庭の方に眼をやった。

「〈闇隠れ〉となってしまった者たちは、その昔はこの〈神楽屋〉さんの〈隠れの子〉

だったのか。あるいは、まったく関わりのないところで育った者たちだったのか、とかですね」

うん、と、鉄斎さんが静かに頷いた。

「おりましたよ。〈隠れ〉の力に闇は付きもの。その己の闇に囚われてしまい、悪事に手を染めた子たちも確かにいます。気が触れたようになり暴れた者もいます。今なら」

おるうちゃんが去っていった方を見やった。

「おるうの力でその者たちの力を消すこともできますが、おるうのいなかった頃には」

深く、溜息をつく。

「私たちの手で、始末をした者もいました」

「始末とは」

「お二方の前ではっきり言うのは憚られますが、ここの林の中には亡くなった者たちの墓もあります。寺こそないが、坊主もいます」

日下さんが唇を少し歪めた。

「まぁそこは今は問うべきところではないだろうな」

ありがとうございます、と、鉄斎さんが頭を下げた。身内の不始末を、自分たちで始末したということだろう。

「もちろん、私たちの与り知らぬところで〈隠れ〉となり、もっともその場合は本人たちは〈隠れ〉などとは思わぬでしょうが、その力を使い、もしくは気が触れ、人を殺めるような真似をしている者もいないとは言えないでしょうな。そこは私も見当がつきません。そういう人間を除き、〈神楽屋〉にいてそれでもなおかつ〈闇隠れ〉になってしまった者たちは」

鉄斎さんは、しばし眼を閉じた。深く、また息を吐いた。

「今も、確かにいます。どこでどうしているのか、まったくわからぬ者たちが」

「その者たちが〈ざりば講〉の裏側で盗っ人を捜し、密かに殺しているとはっきりしていますか？」

「わかりません。しかし」

唇が歪んだ。

「〈遠州屋〉さんから〈ざりば講〉の話を聞き、堀田惣一郎様の死に様を聞き、思い当たったことがあります」

「それは、何です」

「医術を学びながらも、その力に溺れた〈隠れ〉を知ってます」

「医術と？」

静かに頷き、私を見た。

「心の臓は、こう」

鉄斎さんは、何かを軽く握るように、両の手を合わせて動かした。

「常に動いているそうです。胸に手を当てればその動きを感じ取れる。動いて、私たちの身体に血を流している。その血の流れが脈となってこういうところでわかる」

手首のところに指を当てた。

「人体とは、命とはそうやって生きている。動いている。その血の流れが止まってしまうと、人は死んでしまう。つまりは、人を殺すのには心の臓がこう動いているのを止めればいい。その動きを止めるためには？　堀田様ならどうされます」

面食らった。心の臓をどうするかとは。

「単に、動いているものを止めるならば、たとえば魚を捕まえるようにこう両手で捕らえて摑む、ですか」

その通り、と、鉄斎さんは頷いた。

「その医術を学んだ〈隠れ〉の力は、眼に見えぬものでも実際にあるものなら心の力で摑むことができる」

「心の力？」

「そうとしか言いようがありません。その者は手を触れずとも、私の首を絞めようと思えば、こう」

手でまさしく首を絞めるかのような形を作った。

「このようにするだけで、首を絞められるのです。指の跡などつきません。同じように、眼には見えないが確かにそこで動いている心の臓も、こうして摑める」

同じように、自分の心の臓に向かって両の手で摑むように動かした。

「痛みがあるのかどうかもわかりませんが、ないのでしょうな。動きを止められ、静かに死んでいく」

まさしく、養父惣一郎の死に様だ。

「金蔵もそうだったな」

日下さんは顔を顰めた。

「その男が、やったと考えられるか」

鉄斎さんが首を横に振った。

「男ではなく、女です。名をお品《しな》と言います」

「お品」

鉄斎さんがどこか遠くを見やった。

「まだ二十五にもなっていないはず。元は京の小間物屋の娘でした。ここにやってきたのは三つの頃ですから、二十年ほど前でしたか。そのお品なら、できたと考えました」

〈ざりば講〉の裏で、密かに盗っ人を捜し出し、殺して金を戻す連中。

「彼らにも三分の理があったと言うべきでしょうかね」

佐吉さんだ。

「殺すのは盗みを犯した悪党のみだった。弱き者や善人を殺すことはなかったはず。そもそも大店の主が皆が皆、全員殺してしまえなどと物騒なことを考えるはずがないでしょう。しかし」

「違ってきた、のだな。〈闇隠れ〉の連中は。それこそ己の闇に深く深く取り憑《つ》かれ、惣一郎のような人間をも殺し始めた。俺みたいなまだ何もわかっておらぬ者もさっさと始末しようと考えた」

日下さんが、鉄斎さんに言う。

「そのお品を捜す手立てはあるかい。似顔絵やら」

「描けたとしても、まだ本当にそのお品が〈ざりば講〉の向こうにいる者かどうかもわかりません。何よりも、手練れの連中が多くいるのでしょう？　また狙われたら、いくら鉄斎さんが〈神楽屋〉の皆を使って堀田様を守っていても、切りがありませんよ」

佐吉さんがそう言ったので、確かめるのを忘れていたのを思い出した。

「やはり、そうでしたか」

私と日下さんを助けてくれた者。

「あの石を投げてくれた人たちは」

鉄斎さんが、小さく頷いた。

「〈遠州屋〉さんに言われて堀田様を見ていたうちの者が助けることができました。しかし、いつも〈隠れ〉で戦いに適した力を持つ者が使えるわけじゃありません。そもそも常人ならざる力を得てはいても、それを隠すか、あるいは生きていく手段に使うようにした者ばかり。人を倒す術を心得た〈隠れ〉はそうはいません。もうご存知でしょうが、怪力とされる私だって、日下様に剣を構えられたらそれで終わりです。どうしようもありません」

「石飛礫だって、石がなくなったらそこまででしょうからね。闇に隠れた連中を捜すのは容易じゃありません。ましてや、人を殺す術を持った〈隠れ〉など、とても町方の手で捜し出すのは無理でしょう」

「〈神楽屋〉さんとて、当てはないのだろうな」

「身内の不始末と考えるのならば、何をおいても捜し出して確かめたいところではありますが」

「捜し出せますよ。あたしならね」

佐吉さんが、言った。鉄斎さんが、眼を細めた。

「それは、〈遠州屋〉さんの力でかい？」

「さっきも言いましたがね、あたしができるのは見立てること。それも、自分自身が関わることならば、その道筋をきっちり見立てることができる。どうやれば最善の道を行けるかを決めることができる」

「そうか」

思いつき、思わず腿を叩くと、佐吉さんが私に大きく頷いた。

「そうですよ。堀田様。簡単な話です。あたしが〈ざりば講〉の仲間になりゃあいいんです。鉄斎さんが気づかないほどですから、あたしが〈ひとり隠れ〉だなんて〈闇隠れ〉の連中だって知りゃあしません。気づきませんよ」

「成程！」

日下さんが手を打った。

「そうすれば、見立てて、どこに〈闇隠れ〉の連中が現れるかを読めるようになります。ただし」

佐吉さんは顔を顰めて、腕を組んだ。

「見立てられるように、わかるようになるためには、あたしが大店として〈ざりば講〉に入ってそうしてどこぞの大店に盗っ人が入って、金が盗まれ逃げられて、〈ざりば講〉が動かないと話にならないんですがね」

「大金が盗まれるのを待つ、か。確かに良い手だが、難儀な話でもあるな」

「まぁそれも」

にやりと笑って、佐吉さんが言う。

「あたしの店が、〈遠州屋〉が襲われたってことにすりゃあ、いいだけなんですがね。そうなりゃあ、まさしくあたし自身が関わることになりますから、見立てることができるんですよ」

「佐吉さんにとって、最善の道を、ですね？」

「その通りです。〈ざりば講〉が動いて〈闇隠れ〉の連中に繋がれ、そいつらが盗っ人を捜し出す。あたしはそれを見立てて最善の道、つまり、どこでどうすれば〈闇隠れ〉の連中を捕まえられるかを、堀田様に教えればいい」

「確かに」

手っ取り早いという言い方は無責任だが、〈遠州屋〉さんは間違いなく大店なのだから、盗っ人に襲われ大金が奪われたとすれば誰もそれを疑いはしないはず。

「ひとつ確かめておきたかったのですが」

佐吉さんと、鉄斎さんの顔を順に見た。

「何でしょう」

「〈遠州屋〉さんと〈神楽屋〉さんには、今まで〈ざりば講〉に入らないかという誘いはただの一度もなかったのでしょうか」

答えはわかっているが、訊いてみた。

佐吉さんは、ひとつ大きく頷いた。

「あたしの場合は、もうおわかりでしょうけれども、見立てでそういうのを避けることができますのでね。そんな話も誘いも届きませんよ。仮に届いたとしても、それを疑われずに退けることも容易にできます」

鉄斎さんも、頷いた。

「私らの場合は、そもそも盗っ人たちが狙いませんね」

「狙わないのですか」

「確かに江戸の植木屋の中では大店と呼ばれてはいますが、植木屋に種はあれども金はなし、の言葉通りですよ。庭普請した金が入ったところで、草木花を育てるための人手に右から左に流れていきます。草花や樹木を育てるのにたくさんの人手と時が必要なのは誰もが承知のこと。植木屋には人はいても金はありません。ですから、盗っ人たちも狙いません」

日下さんも顎を小さく動かした。

「それは確かにそうだ。今まで植木屋が賊に襲われたこともほとんどないはずだな」

「ましてやうちには金蔵《かねぐら》も、隠しておく場所もありません。あったところで盗っ人が大店に盗みに入るのには、その金のありかを探すのに引き込みをまずは仕込むのが常道でしょう。ところがうちに引き込みの人間を入れるのは無理です。長屋住まいの人間が常にたくさんいるのですから、外からの人手を要するはずもない」

「そうでしょうね」

大金を盗みに入るのだから、金蔵かもしくは仕舞っておいてある場所に見当をつけなければならない。それを調べるために、商家に引き込みと呼ばれる人間を入れるのが盗っ人たちの最初の仕込みだ。その人間に働かせながら金のある場所を調べさせ、鍵型や絵図なども仕入れられるものなら仕入れさせる。

そうしておいて、家人が寝静まった頃に引き込みの合図で忍び込み、一気に攫《さら》っていく。

誰も殺さず傷つけずに奪っていく見事としか言いようのない盗っ人たちもいるにはいるが、急ぎ働きなどと称して無理やり押し入っては誰彼の区別なく殺して金を奪っていく、畜生にも劣る手合いもいる。

しかし。

「〈神楽屋〉さんには、すぐ近くの長屋に百人からの人が暮らしているのですから、どんなに間抜けな盗っ人でも急ぎ働きは無理だとわかるでしょうね」

「その通りです。ましてや植木屋にいるのは力仕事で鍛えられた男衆ばかり。好きこのんでそんなところに押し入る奴もいません」

鉄斎さんの言葉に、佐吉さんもその通りと頷いた。

「ここはあたしのところを使うしかないでしょう」

「しかし、〈遠州屋〉はそれでいいのかい」

日下さんが言う。

「確かにお前は〈ひとり隠れ〉で、これに関わっちまったのは運命と思うんだろうが、下手したらだ、あくまでも下手を打ったらだが、商い自体が立ち行かなくなるやもしれぬぞ？　身代をここで持ち崩す羽目になってしまったら、元も子もないんじゃないのか」

こくり、と、頷きながら佐吉さんが微笑んだ。

「仮にそうなったところで、元々あたしの代で〈遠州屋〉は終わらせると決めていたものですからね。秣屋は他にもありますから、畑をやっている皆も馬方の連中も食うには困りませんよ。まぁ、まだ当分は秣屋の主としてやっていきたいので、そうならないように考えはしますが」

佐吉さんになら、それができるのだろう。

「私もできることはやりましょう。そうとなれば力添えできる人間を遠州屋さんに送り込むこともできます」

鉄斎さんも力強く頷き、日下さんが軽く腿を叩いた。

「それじゃあ、どう企てるよ〈遠州屋〉。こうして互いに顔を突き合わせて会うことも、この後は控えた方がいいだろう。ここで大枠を決めちまった方がお互いに危なくない」

「その通りでございますね。どこに〈闇隠れ〉の連中の、それこそ眼や耳があるかわかりゃあしません。中には堀田様の鼻のように、そこにはとんでもない力を持つ者だっているそうですよ」

その通りだと思う。

もしも私の鼻の力のようなものを眼に持つ者がいれば、まさしく千里眼のように、遥か遠くからここを見ることだってできるかもしれない。

「何よりも、だ」

日下さんが顔を顰めて私を見た。

「奉行所の中に、我らの仲間の内に〈ざりば講〉か、あるいは〈闇隠れ〉に繋がる人間がいるのは明々白々。そうでなければ、俺と州次郎が一緒にいるところを襲えるはずもない」

「考えたくもないことですが」

そうなのだろうと思う。

「それもおそらくは与力のどなたかだろうと、私も日下さんも思っています。同心仲間があそこまで牢内のことを操れるはずもありません」

「そうとなれば、これも考えたくはないでしょうが与力様よりも上の方ってことも十分考えられますでしょうね」

佐吉さんが唇を歪めた。

「何故そのようなことをするのか、と考えるのならば、いや考えるまでもないでしょうが、金でしょうね」

「盗っ人が盗んだ大店の金をくすねる、か？」

「はした金ではないでしょうからね」

佐吉さんが掌を上に向けた。

「大店から一度に千両や二千両は盗まれる。講というからには予め〈闇隠れ〉の連中に払う金を集めておいてあるんでしょうが、それはせいぜいが一軒につき十両か二十両といったところでしょうね。大店十軒が集まったところで百両か二百両。何人もの人間が動いて賊を捜して殺すのならば、その程度の金は支度金にしかなりゃしませんね」

「となれば、首尾よく行けば、盗まれた金の内のいくらかをこっちに貰う、という流れか」

「そうなりましょう。仮に盗まれた金が千両だとすると、そのうちの三割を貰い受けると決めたところで、それに異を唱える大店はいませんよ。放っておけば一切戻ってこない千両の内、七百両も戻ってくりゃあそりゃあ確かに御の字ってもんです」

「そのうちの二百両、ですかな」

鉄斎さんだ。

「奉行所のどなたかの懐に入るとするならば、それは実に旨い儲けになりますな。配下の方々に命じて探索に多少の手心を加えさせる、あるいは誤った筋を伝えて惑わせるだけで、金が入ってくるわけですから」

「残りの百両は、〈闇隠れ〉の連中にか」

日下さんが腕を組む。

「〈闇隠れ〉の連中にしてみれば、大人数で走り回って腕の立つ盗っ人連中を殺すにしちゃあ、そんなに割のいい話ではないな」

「おそらくですが、日下さん。〈闇隠れ〉の仲間は普段は〈ざりば講〉の元締めに囲われているんでしょう。ひょっとしたら普段はその元締めのところで働いているように装っているのかもしれません。ちょうど、〈神楽屋〉さんのようにですね。それならば普段は職人として、あるいは商人としての稼ぎがあります」

「考えられます」

鉄斎さんが言う。

「私どものところに居た者であるなら、その仕組みがいちばん動きやすいでしょう。何よりも仕掛けもやりやすい」

「元締め、か」

うむ、と、日下さんも頷きながら言った。

「確かにその存在はあって然るべきだろうな」

「大店の主のどなたかなんでしょうね」

佐吉さんが続けた。

「どうして〈ざりば講〉などという相当に物騒な講が生まれたか、を考えるならば、何よりもまずそこに、その大店の主の下に、〈手段〉があったと考えるのが理屈には合いますね」

「〈人を簡単に殺せる手段〉ですね？」

「その通り」

「人知れず、鉄斎さんの話に出たお品のように、誰にも気づかれずに殺しができる人間がそこにたまたま居たのだと。だから〈ざりば講〉のようなものの考えに、その大店の主か誰かが至った」

「で、ございましょうね。もしくは、たまたまその大店が盗っ人に襲われたときに、上手いこと始末でもできたからこそ、思いついたのかもしれません。もしも、そのお品だとするならば、主の囲い者であったと。年の頃からしてもその辺りがいい読みだと思いますが」

「囲われ女か。まずそいつが、居た、か」

日下さんが顎に手を当て考え込んだ。

「〈遠州屋〉が〈ざりば講〉に入る手筈《てはず》が整うまでの間に、その辺りで調べてみるのもいいかもしれんな」

「そうですね」

ただ黙って待っているよりは、その方がいい。

「今まで闇雲に探っていたよりは遥かに目当てがついて、動きやすくなります」

「だが、我らの同心仲間には知られぬように、だぞ」

「もちろんです」

それで、と、佐吉さんが言う。

「いきなり〈ざりば講〉に入り込むのはまず無理でしょうね。そもそもどこの誰が講に入っているのかも確かにはわかりませんし、市中の商家の大店をひとつひとつ当たっていくのもそれこそ拙い。ですから、まずはあたしの〈遠州屋〉が盗っ人に入られた、としてそれを切っ掛けにするのがいいでしょう」

「入られてもいないのに、だな？」

「そうです。そこはそれ、ここには八丁堀の旦那が二人もいるのです。日下様は牢屋同心故に無理があるにしても、堀田様が話を合わせてくれれば容易ですよ」

それは、確かに。

「同心仲間を騙《だま》して、居もしない盗っ人を追わせるのは気が引けますが、ここは止むをえないでしょうね」

　佐吉さんがにこりと微笑んだ。

「まずは、盗っ人の引き込み役になってくれる男が必要でしょうね。あたしのところには爺《じじ》いの番頭が一人きりしかいないのは八丁堀の皆さんの中にも承知の人がいるでしょうから。鉄斎さんのところに、普段はこちらにいなくて目端の利く男はいませんかね。手代として使えそうな男ですが」

「いますよ。丁度、山から帰ってきたばかりの新秋という者がいます。いつもは野良着姿なので、髷をきちんとして商人風情にこざっぱりとさせりゃあ、近くの知り合いもまず気づきません。新秋をすぐにでも〈遠州屋〉さんに送りましょう」

「その者も、〈隠れ〉なのか？」

　日下さんが訊いた。

「いいえ、新秋は違います。しかし野山を歩き回り、石や草木を探し、そこをねぐらにする地造りの男です。音にも気配にも敏感ですし、絵も巧いし腕っ節もありますので便利に使えましょう。何よりも〈隠れ〉のことは何もかもわかっています」

「もってこいのお人ですね。名前も変えて二月程もうちに居ればいいでしょう。その新秋さんが実は盗っ人の引き込み役だったということにします。突然に雲隠れさせても大丈夫でしょうかね？」

鉄斎さんが頷く。

「むしろこちらにも好都合です。二月も経てば、新秋が仕事で江戸を離れる頃合いになりますから」

「二月だな」

日下さんが少し考えるように言う。

「その間は、静かに誰にも知られぬように、大店の妾やもしれぬお品を捜す、か。それぞれの繋ぎにはやはり〈神楽屋〉さんのお人を使うかい」

「そうしましょう。謀《はかりごと》はなるべく関わる人間を少なくするが鉄則と言います。おるうを使いましょう。子どもの使いは皆が感心こそすれ、誰も怪しいこととは思いません」

「おるうちゃんであれば、〈闇隠れ〉の気配にも」

言うと、もちろん、と鉄斎さんが微笑む。

「何の心配もありません。堀田様の家も既に知っていることですし、ここと〈遠州屋〉さんを繋ぐのには好都合」

「州次郎が俺のところに繋ぐのには吉次を使えばいいさ。お前が入牢でもないのにやたら小伝馬町に顔を出しても変に思われる」

「そうしましょう」

「いいですね」

佐吉さんが人差し指を立てた。

「二月程、新秋さんにうちで働いてもらい、その間にあたしのところにもしも〈ざりば講〉の誘いが来るようであればすぐに入りましょう」

「その誘いを、それこそ誘ってみるのかい？　あんたの見立てで」

そうします、と、佐吉さんも頷く。

「今まで避けていたことです。こちらから変に思われないように誘いをかけてみれば、存外にあっさりと入らないかと言ってくるかもですねぇ」

「たとえば大店の主の皆さんの集まりなどで、匂わせるとか、ですか？」

こくり、と佐吉さんは頷き微笑んだ。

「あたしはそれこそ狂歌の連などがあります。他にも茶の連やら何やら、商家の主の皆さんはあれこれと出歩き顔を合わせます。その席で賊に入られるのが心配やら、大きな商いになりそうやらなど話を振っておけば、どこかからそんな話も入ってくるでしょう」

「ありそうではあるな」

「仮に来なかったとしても、二月後には〈遠州屋〉に盗っ人が押し入り大金が盗まれ、新秋さんには姿を消してもらいます。盗っ人が入る日にちを決めたら、新秋さんから鉄斎さんに伝えてもらいますよ」

「そうですな。私は、おるうを使って堀田様に」

「州次郎から吉次で俺のところだな。その流れで問題ないだろう。どこからも漏れるはずもない」

皆が納得して頷いた。

「それで、盗っ人は用意しますか。つまり、忍び込むのと何かを運び出すのをやってみるのですか」

「やりましょう」

そう言って、佐吉さんが唇を一度引き締めた。

「あたしが自分で店ん中を引っかき回して、朝になって届けを出せば済むって話ですが、そこはそれ」

「気配ってものは必要だろうな」

日下さんが言う。

「やってくる北町の同心連中の眼だって皆が皆、節穴じゃあない。〈遠州屋〉が一人で適当に部屋を荒らしたのと、本当に盗っ人に入られたのとじゃあ、気配でどことなくおかしいと思う奴だっているだろう」

「そうですね」

まだ日の浅い私でさえ、そういうのを感じることもある。

「それも、私のところから新秋と同じように目端の利く者を出しましょうか。盗賊の仲間とまではいきませんが、脛《すね》に傷ある連中も何人かいますから気配は醸し出せるでしょう。何よりも荷物運びであればこちらは皆が慣れたもの」

「いや、それは」

顎に軽く指を当て、佐吉さんが少し考えた。

「そこのところは、かなり慎重に人を選びましょう」

「というのは？」

「〈ざりば講〉の裏で盗っ人を捜して殺していく〈闇隠れ〉の中には、間違いなく盗っ人の連中に深く通じた人間がいるんでございましょう。そうでなければ、八丁堀の皆さんを出し抜いて捜し出せるはずもない。別にお二人がいるから持ち上げるわけじゃありませんが、むしろよく出し抜いて金を取り返しているもんだと思いますよ」

「そうだろうな。どこかの盗賊の一味として長く勤めをやった人間がいなければ、話にならない」

「であれば、鉄斎さんの仰ったような脛に傷あるお人を使うのはかえって危険でしょう。こちらが出し抜かれて捜し出されて、そのお人が〈闇隠れ〉に殺された日には目も当てられない」

「それだけは、避けなければなりません」

こちらが仕掛けて仕損じることだけはできない。ましてや何の罪もない人を巻き添えにしてしまうなどとは。

「もちろん承知ですよ、堀田様。とはいえ、真っ正直な人を使えばいいというものでもない。真っ正直な人間がこんな裏細工のような真似を罪悪の心なしにできるものでもないでしょうし、それこそ匂いというものを醸し出せもしないでしょう」

「捕物でもそうだ」

日下さんが顔を顰めた。

「岡っ引きや下っ引きに罪人を使うってのは、そういう匂いってもんを嗅ぎ分けて、同時に醸し出せるからだ。悪党どもは自分たちと同じ匂いを持つ者なら油断する。だからこそ、捕物でも岡っ引き連中は働ける」

そうなのだろうと思う。

「では、岡っ引きや下っ引きを使って盗みの真似事を？」

「いや」

にやりと、佐吉さんが口元を緩めた。

「〈闇隠れ〉の連中が思いもしない人たちに手伝ってもらいますよ」

「思いもしない？」

「歌川国芳師匠をご存知で？」

とんでもない人の名前が出てきて、思わず眼を丸くしてしまった。鉄斎さんも、日下さんもだ。

「知らん人間がこの江戸にいるはずもない」

「そうでしょうね。あたしは実は国芳師匠とは縁がありまして、親しくさせてもらっているんですよ。当然、お弟子さんの皆さんともね。うちにやってきて皆で酒盛りしたことも一度や二度じゃあありません」

「国芳師匠のお弟子さんたちならば、私のところの人間よりも外連味《けれんみ》たっぷりで傾《かぶ》いた方も多いですね」

「鉄斎さんもご存知ですか」

よく知っています、と頷いた。

「国芳師匠のお宅の庭もやらせていただいていますからね。あそこの皆さんを使おうというのは妙手と言うべきですかね」

「しかし、絵師の皆さんですよね？」

国芳一門には、私でさえ知っている有名な絵師ばかりが並んでいる。

「皆が知っている人間だからこそ、そんな真似をするはずがないと思うんですよ。仮に〈闇隠れ〉の連中が、〈遠州屋〉から金を運んだ奴らが歌川国芳一門が暮らす家へ入ったと摑んだとしても、何だそりゃあ？　ということになります。有名絵師たちがまさか知人の家から金を盗むなんて、そんな真似をするはずがないだろうとね」

「奪ったと考えたとしても、金がどこにあるのか探るのも難しくなる、というわけだ。まさか一門が暮らす家に忍び込むわけにもいかない、か」

日下さんに、そうですよ、と、佐吉さんが続けた。

「それに、国芳一門を巻き込んでいいのかとのご心配は無用です。既に師匠や弟子の皆さんにはいろいろ手伝ってもらっています。これは堀田様にはお知らせしていませんでしたが、墨色の屋形船がありましたね？　その絵を、国芳師匠に描いてもらいました」

「え？」

駄洒落ではないが、思わず言ってしまった。

「絵を？　墨色の屋形船を？」

「そうですよ。そしてそれを摺って、大店と呼ばれる商家に送らせていただきました」

大店に、屋形船の絵を。

「それは、つまり〈ざりば講〉に入っている大店への脅しと？」

「脅しになりましょうね。誰だかわからないだろうが知っているよ、と。そして、少しでも絵師のことを知っている連中がいるならば、この絵を描いたのはひょっとしたら歌川一門の誰かかもと思っているでしょう。決して判明はしないでしょうが」

「歌川一門に手出しするのは、ひょっとしたら危ないぞ、と既に種を蒔《ま》いていたわけか！」

「そういうことです。あとは、いざ金が盗まれたとなれば、すぐにでも瓦版屋にあることないこと書かせて刷らせて配ります」

「その瓦版に、〈遠州屋〉に入った盗っ人へのややこしい当て推量をいろいろと混ぜ込ませるんだな？〈闇隠れ〉の連中をさらに煙に巻くためにも」

「その通りです。瓦版屋にもあたしの馴染みがいますんでね。そこも任せてもらって大丈夫ですよ。決してどこかに漏れたりはしませんよ」

何もかもが、佐吉さんの頭の中で組み上がっていく。

商いの話ではない。人殺しをしている悪党を、いや奉行所までをも丸ごと騙して人知れず何もかも葬ろうという話だ。大仕掛けだ。

それを、笑みを浮かべて楽しむかのように手の内で転がして組み立てている。

この人は本当に〈ひとり隠れ〉として見立ての力があり、それを商才へと結びつけているのだ。もしも本気で一旗揚げようと思ったのならば、江戸一番の豪商に昇り詰めるのではないだろうか。

「そこまではいいな」

日下さんが、けれど、と続けた。

「俺と州次郎を襲ってきた五人は間違いなく手練れの者だった。会ったこともないのでわからんが、ひょっとしたら忍術使いだ」

「忍術ですか」

鉄斎さんが首を捻った。

「それは厄介ですね」

「鉄斎さんのところの人に助けてもらったからこの首が繋がっているが、あれがなけりゃあまず俺はやられていた。五人のうちの二人ぐらいは倒したとしても、だ。州次郎と一緒でも全員を倒すのは無理だったろう」

「その通りです」

そして、あれが〈闇隠れ〉の全員だとはわからないのだ。

「首尾よく〈闇隠れ〉のことがわかり、彼らと対峙できたとしても、奉行所に彼らに通じる者がいる限り捕物にするのは難しいでしょう。私たちだけで奴らを倒せるかどうか。鉄斎さんのところで、戦いに適した力を持つ者というのは、どのような方たちなのでしょう。その方たちに力添えは願えますか？」

うん、と、鉄斎さんはひとつ頷く。

「まず、橘《たちばな》という者がいます。これはお二人を助けた石投げの者です。十間《じっけん》の遠間《とおあい》からでも、丁度良い具合の石さえあれば、どんな小さな的にも当てることができます」

「十間とは凄いな」

とんでもない技だ。

「石を手裏剣にすることもできますが、そうなると距離は稼げません。せいぜいが三間でしょうし、三間からの手裏剣ならば剣術使いは弾《はじ》きましょう。そして橘はそれ以外はごく並みの男なので、戦いには向きません」

「つまり、橘さんは、あくまでも隠れて遠間から石で狙う役目をするお方」

「そうなりましょうね。あとは五郎《ごろう》という者が、私のような怪力の持ち主で、丸太を自在に振り回すことができるほどです。ただし人殺しはできませんから、穂先のない長槍《ながやり》の五、六本を持たせて振り回させれば、たとえ免許皆伝の堀田様でも傍には近づけないでしょうし並みの剣術使いならあっという間に蹴散らします。しかも五郎は疲れることを知りません。その気になれば一昼夜でも丸太を振り回します」

「凄いなそれは」

「もう一人、秀《ひで》という者がいます。これは、鎖鎌《くさりがま》を使えます」

鎖鎌。

「そりゃあ珍しい」

「以前に軽業の一座にいましてね。鎖分銅《くさりふんどう》を操って的当ての芸をやっていました。今でも縄を使って高木に上るときなどにその技を使っています。さすがに鎌で人殺しはさせられませんが、鎖に付けた分銅で蹴散らすことは十分できます。あれは上手く当たれば刀も折りますからね」

「お三方とも広い場所に〈闇隠れ〉の連中を誘い込むことが肝要であるということですね」

元より狭い場所での立ち回りに、武士でもない人たちを巻き込むわけにもいかない。

「その三人が居てくれれば心強いな。鉄斎さんの方できちんと話をしてもらえるか」

「もちろんです。この三人とも〈隠れ〉ですから、〈闇隠れ〉を倒すとなれば何をおいても力になってくれます」

「ありがたい」

「そして何よりもですよ堀田様」

佐吉さんが言う。

「怖いのはそのお品なる女ですよ。本当にその女が何もせずとも心の臓を摑むことができるのならば、我々は姿を見られたところで殺されるかもしれません」

その通りだと思う。

「しかし、仮にですが、養父と金蔵を殺したのがそのお品の、心臓摑みとでも言いますか、それであるとすると、その力は近くに立たなければできないのでしょう。いかに遠くても天井と床の間。そこまで近づかなければならないはず」

「そうだな」

日下さんも頷いた。

「そうでなければ、牢で殺すことに納得がいかない。誰ぞの手引きで屋根裏に忍んだのだろう」

「遠くからでも心の臓を摑めるのなら、堀田惣一郎様を殺すのに家に忍び込む必要はなかったのでしょうからね」

「それは、そのはずです」

鉄斎さんが言う。

「もちろん、私もこの眼でお品のそういう場面を直接に見たわけではありませんが、あれがその力を使えるのはせいぜいが部屋の中でのことのはず。遠く離れれば、力は届きません」

やはり、野っ原か、河原か、あるいは広い境内か。

「そういう場所に、〈闇隠れ〉を誘い込めば何とかなりますか」

「させますよ」

佐吉さんが頷きながら言う。

「あたしの見立てでは伊達じゃありません。あたしもその場に行くのですから、あたしにとって最善の道を選べます。ちょいと大袈裟な話になりますが、別に戦いに向いていなくても、〈神楽屋〉さんには力自慢の男衆が大勢居ますね？」

「居ますな。五十や六十はすぐにでも動かせますよ」

「たとえ〈闇隠れ〉が十人いたとしても、六十人の男たちが取り囲んで一斉に石を投げたらどうなります? どんな技を使ったって、大怪我をするのは必定」

「それは確かにそうですが」

「もちろん、それだけの人数が姿を隠せる場所ってのはそうそうありませんが、〈闇隠れ〉の連中の見当さえつけば、あたしが絶対に負けない見立てをしますよ」

*

おるうちゃんが我が家にやってきたのは、〈神楽屋〉さんで皆で顔を合わせ話してから一月も経たない日だった。

お世話になったお礼にと、地物の菜っ葉などを下男と一緒に持ってきてくれた。もちろん、〈神楽屋〉さんの人だろうと見当をつけた。養母が喜び、泊まっていけないのかと話すとそれも含めてのことだったのだろう。下男が翌朝に迎えに来ることになった。

夜になり、養母が寝たのを見計らったのだろう、おるうちゃんが気配を消して、そっと私の部屋に入ってきた。

もちろん私は匂いでわかっていたのだが、普通の人は気づかなかっただろう。

おるうちゃんもまた〈隠れの子〉。普通の子どもではないのだ。

「〈ざりば講〉に入らないかと誘いが来て、〈遠州屋〉さんが講に入りました」

「そうか」

二月待たずに繋ぎに来たのだからそうだと思ったが。

「佐吉さんが会ったのは廻船問屋《かいせんどんや》の〈井筒屋《いづつや》〉さんの主、子羽左衛門《こばざえもん》さんだったそうです」

「〈井筒屋〉か」

廻船問屋としては、おそらくは今のところ江戸で一、二を争うところ。

「その者が、〈ざりば講〉を仕切っている元締めかどうかは」

おるうちゃんが、首を小さく横に振った。

「はっきりと摑んだわけではない、と言っていました。けれども、見立てではまず間違いなく、〈ざりば講〉を作ったのは〈井筒屋〉だろうと」

「そうか」

佐吉さんがそう言うのなら間違いないのだろう。

元締めは〈井筒屋〉の子羽左衛門。その裏にはきっと〈闇隠れ〉の連中がいるのだろう。

「それで、九日後の夜に〈遠州屋〉に盗っ人が入ることにする、と」

「え？　九日後に？」

随分と早いが。

「何かあったってことなのかな？」

こくり、と、おるうちゃんが頷く。

「見立ての中に、このまま長く放っておくと何かが漏れる場合があるそうです。九日後の夜に盗みに入られたとするならば、間違いなく誰にも疑われずに〈ざりば講〉が動いて〈闇隠れ〉も来ると。ここからは手順なのですが」

「うん」

書付も何もなし、迷うことなくおるうちゃんは話していく。そういう子なのだ。

「九日後の夜には何もしないで動かないでいつも通りに過ごしてください。そして、十日後の朝に、まずは奉行所に佐吉さん本人が向かうそうです。そこで、最初に話す相手が堀田様であるようにしてほしいそうです」

「わかった」

それは、できる。

「そのようにする」

「それからは、いつものようにしてくださっていいそうです。ただし、必ず堀田様も〈遠州屋〉さんに来るように。そして、一通り奉行所の調べが終わった夜に、〈ざりば講〉が動くと佐吉さんは言っていました」

見立てとは、そこまで見えてくるものなのか。

「動くというのは、〈遠州屋〉さんに〈闇隠れ〉が来るというんだね？」

「そうです。ですから、そこでも堀田様は動かないでください。翌朝、陽《ひ》が昇ると同じぐらいに日下様と一緒に〈遠州屋〉さんに来てくださいと言っていました。そこまで、見立ては間違いないそうです」

凄まじいとしか言いようがない。

「よくわかった。ありがとう。ご苦労だったね」

にこりと微笑んだ。

「それから、その後なんですが」

「うん」

おるうちゃんの顔が引き締まった。

「まだはっきりと見立てはできませんけれど、わたしは堀田様と一緒に動くことになりそうだからと」

「おるうちゃんと」

彼女の力が必要になるということなのだろう。そして、その際に私の力も必要になると、おぼろげながら見立てたのだ。

「わかったよ。大丈夫。何があっても、おるうちゃんは私が守るから、安心しておきなさい」

嬉しそうに、おるうちゃんがこっくりと頷いた。

〈遠州屋〉さんに駕籠が着くのと空が明るくなるのとはほぼ同じだった。

「おはよう」

「おはようございます」

日下さんが膝をかばいながら駕籠から出てくる。

「昨日は何もなかったか？」

「ありません」

いつものようにどのように盗みに入ったのかを確かめ、岡っ引きたちに昨夜〈遠州屋〉さんの周りに何かおかしな様子がなかったかを確かめさせている。

もちろん、佐吉さんにも番屋で詳しく話を聞いた。

「手代として雇った加助《かすけ》という男については加藤《かとう》さんに調べてもらいます」

日下さんがにやりと笑う。

「可哀想だが、仕方ないな」

どこをどう捜しても、加助という男のことを知った人間は出てこない。まさに煙のように消えうせているのだ。

「おはようございます」

開いた木戸からすぐに佐吉さんが顔を出した。

「さ、どうぞ中へ」

まだ薄暗い帳場の中はすっかり片づいている。

「さっそくですが」

佐吉さんが言う。

「見立て通り、夜に〈ざりば講〉から二人やってきました。間違いなく二人とも〈闇隠れ〉でしたよ」

「来たか」

日下さんだ。

「それで？　どんな連中だ」

ひとつ、息を吐いてから佐吉さんが顔を顰めた。

「子どもが来ました」

「子ども？」

「子どもですか？」

顰めた顔をそのままに、佐吉さんが頷く。

「まだ十やそこらの、それこそおるうちゃんと変わらないか、少しばかり下の子どもでしたよ。さすがのあたしもちょいと驚きましたね」

「その子どもが〈闇隠れ〉だって言うのか!?」

「間違いありませんね」

溜息をついた。

「〈隠れの子〉でしたよ。闇かどうかははっきりとはしませんでしたが、そもそも年端もゆかぬ子どもに善悪の区別などそうはつかないでしょう。単に言われたことを、言われた通りにやっているだけかもしれませんしね」

顔を見合わせるしかなかった。もちろん〈隠れ〉に子どもがいることはおるうちゃんでよくわかっていたが、まさか〈闇隠れ〉に子どもとは。

「もう一人は？」

「商人風の優男でしたね。こいつは紛れもなく〈闇隠れ〉。嫌な臭いがぷんぷん匂っていました。躊躇《ちゆうちよ》なく人を殺す男ですよ。後で似顔絵を描かせます」

「そうだな。それで、その子どもは何をしていたんだ。どうしてやってきたんだ」

日下さんが訊くと、佐吉さんは、私を見た。

「おそらくは、あの子どもは堀田様と同じ力を持つ〈隠れ〉」

「私と？」

佐吉さんが自分の鼻の頭に、人差し指を当てた。

「鼻の力ですよ。その子どもはあちこちの匂いを嗅いでいきました。それこそ鼻を擦《こす》り付けるようにして、畳や床の匂いまでもね。そうして、何か見当をつけたように頷いていましたよ」

匂いを嗅いで、見当をつけた。

「まさか、そこにいた人間の匂いを、つまり盗みに入った連中の匂いを嗅ぎ当てたっていうのか？」

「あたしはそう思ったんですが、堀田様どうです？　それはできるものですか？　もちろん今ここにいるあたしらの匂いはすぐに判別できるでしょうが、一晩経ってそこに居たであろう人間の匂いを嗅ぎ当てられますか？」

そこに居た人間の匂い。

残り香。

「できます」

「できるのか!?」

「確実にそこに居たのなら、香りは、匂いは残ります。しかし」

そうか。

この力はそんなふうにも使えるのか。

「今まで考えもしませんでしたが、その人だけの匂いは確かにあります。今、こうして日下さんと佐吉さんの匂いを改めて嗅げばその違いは明白。そして」

外か。

「ちょっと待ってください」

外へ出た。

幾百もの香り、匂いがそこにはある。

その中から、日下さんの匂いは。それを追うというのは。

できるのか？

「どうした」

二人が外に出てきた。

「できるのかもしれません。匂いを追うことが」

今、外には確かに日下さんの匂いがあった。

今なら、追える。

駕籠に乗ってきた日下さんの匂いが、意識すればまるでそこに色が付いた煙が漂うように、眼に見える。

「もしも、その子どもが私よりも遥かに強い鼻の力を持っているのなら、ここに忍び込んで逃げていった人間の匂いを追うことが簡単にできたはずです」

「お前にもできるのか」

「やってみなければわかりませんが、少なくともここに来たときの日下さんの足取りは、辿《たど》れます。けれども」

匂いは、いつかは消えるもの。

「ずっとそこにあるものではないです。いつかは消えます。それさえも追えるというのであれば」

「堀田様よりも相当に強い力か、あるいは鼻の力だけではないのかもしれませんね」

「そう思います。今、意識してみたのですが、匂いが眼に見えるような気がしました」

「眼に見えるだと？」

「あくまでもそんな気がしただけです。煙として漂っているように。私がそんなふうに感じたということは、私より遥かに力が強ければ、あるいは眼にも特別な力があるのならば、そんなふうに見えていつでも追えるのかもしれません」

驚くが。

「もしもそうなら、我らをあざ笑うかのように盗っ人たちの行き先など、あっという間にわかるのかもしれませんね」

信じられん、と、日下さんが首を振る。

「おい、〈遠州屋〉。そうとなれば拙いぞ。ここに国芳一門が忍び込んだことがわかっちまったら」

「それは大丈夫ですよ」

佐吉さんが、にやりと笑う。

「前にも言いましたが、歌川国芳一門がここにやってきて飲み食いするのはよくあることです。仮にあの子どもが匂いを辿って国芳師匠のところに行き着いても、国芳一門が盗っ人たちだなんて思いもしないでしょう。たまたまここに立ち寄ったのだと、違う匂いを追ってしまったのだと思うでしょう」

「そのために、お願いしたんですね」

「そうですよ。それに、あの子が国芳師匠のところに行ったのなら好都合」

「何故だ」

「似顔絵が、すぐさま描き上がりますよ。しかも国芳一門の皆さんの素晴らしい筆さばきでね。さぞや可愛らしい、生き写しの子どもの絵が上がってきますよ」

そりゃあ、確かに、と日下さんも頷いたが、しかし。

「その子どもは一体」

何故、〈闇隠れ〉と一緒にいるのか。

「その子は、どこの子か見立てられたんですか」

佐吉さんが苦笑いをして首を横に振った。

「あたしの見立てでは千里眼じゃあありません。そこまではわかりませんよ。はっきりとしない話ばかりですが、〈神楽屋〉にいたお品があちらにいるのなら、そのお品の子、というのは考えられますね」

「それは、あるか」

日下さんも頷く。

「お品の年の頃からいっても、それぐらいの子どもがいてもおかしくはないだろう。親の血が子に受け継がれたと考えれば、その〈隠れ〉のような鼻の力もまた不思議ではない」

「そうなりますか」

しかし、だとしたらお品は可愛い子どもがありながら、人を殺めているのか。まだそうと決まったわけでもないが。

「その子どものことも含めての、これからの見立てですがね」

佐吉さんが指を四本立てた。

「四千両ばかり、小判で用意して運ばせておきました」

「四千両も？」

思わず繰り返して唸ってしまった。いや大店ならそれぐらいの金があって然るべきなのだろうが。

「そのような大金は、いつも〈遠州屋〉さんにあるのですか」

「とんでもない。今回の仕掛けのために掻き集めたものですよ。盗まれた金が多ければ多いほど〈闇隠れ〉にも実入りがあるはず。それぐらいあった方が〈ざりば講〉もそして〈闇隠れ〉の連中もすぐに動くと踏んだのですよ」

「もちろん、掻き集めた先から漏れたりはしないな？」

日下さんの問いに、笑みを浮かべながら佐吉さんは頷く。

「ご安心を。間違いなく返すものですから」

「その四千両を、国芳一門が運んでいったのですね」

そうですよ、と佐吉さんが頷いた。

「あの〈隠れの子〉を伴った男は間違いなく、子どもの鼻のままに国芳師匠のところに行ったでしょう。しかし、まさか絵師が盗んだとは思わない。何かの間違いかあるいは単に国芳一門が〈遠州屋〉に集ったのだろうと。そこで、今日、もうすぐにでももう一度二人でここにやってくると見立てました。今度はここにぷんぷん臭う違う匂いを辿りに」

「そうか」

日下さんが手を打った。

「小判の匂いか」

「そういうことです」

小判の匂い。普通の人にはわからぬだろうが、実はかなり臭い匂いがする。

「州次郎、小判もそれだけ集まれば匂いは相当強くなるんだな？」

訊かれて、頷いた。

「間違いなく」

「匂いを追う〈隠れの子〉がいるとまではあたしはわかりませんでしたがね。運ばれた金の動きをすぐに追えるのは間違いないと見立てていました。〈闇隠れ〉の連中は、あの子どもが匂いを嗅ぎ当てた四千両もの小判が運ばれた家までやってきます」

「どこに運んだ」

「谷中本村の、あの農家の離れ屋です」

あそこか。

「家の者には二、三日近寄らないように言ってあります。あそこなら〈神楽屋〉さんの人たちも身を隠せます」

「確かにな。それに、広い」

「〈神楽屋〉の〈隠れ〉の皆さんにはもってこいの場所でしょう。石もたくさん用意しておける。もう〈神楽屋〉さんには使いの者を走らせました。向こうで落ち合うようにしてあります。そして〈闇隠れ〉についている人数ですが」

今度は左の掌に、右手の指を二本当てた。

「七人なのか」

「それぐらいでしょう。堀田様と日下様を襲った五人と、この店に来た商人風の男で六人。その他にはおそらくは〈神楽屋〉さんにいたお品。それで七人です」

「他にはいないと？」

「あたしの見立てが間違っていなければ」

「間違うはずはないんですね？」

ゆっくりと佐吉さんが頷く。

「常に最善の道を行ける。それがあたしの〈隠れ〉の力の見立てです。あたしが実際に〈闇隠れ〉と対峙したんですから、この見当で間違いないはず」

七人です、と、繰り返した。

「けれども、これは見立てではないですが、一人は減っているはずですよ」

「何故だ」

「あのときに、頭に石飛礫を受けた男のうちの一人は死んでいるでしょう。逃げていくところをあたしは見ていますからね。事切れていたはずですから、男は五人。そしてお品」

「あとは、その子どもですね」

「女と子どもは、あたしにお任せを」

「佐吉さんに？」

「お品は、谷中本村までは来ないでしょう。金を運ぶのに女手はいりません。もちろんあの子も。あの子は金の匂いを追って家を見つけた後は、戻ってお品と一緒にいるはずです」

「見立てでは、やはりお品の子どもだと」

佐吉さんが少し首を傾げた。

「おそらく、ですがね。実の母子でないにしろ、かなり縁が深い二人なのでしょう」

「その二人はどこにいると見た」

「〈井筒屋〉さんが設けた別宅か、どこかでしょう。それは見立てではなくあたしの方で摑んでおきますよ。子どもが谷中本村から帰るところを尾けていけば、居所はすぐ知れるはず。尾ける人間の手配はお任せを。そして、逃げ出さないように見張っておきます」

「その家の方には、佐吉さんの他に誰か付けなくて大丈夫ですか。何でしたら吉次さんを」

言うと、日下さんが私を見て苦笑した。

「知らなかったのか州次郎」

「何をです」

合えるはずだぞ」

「〈遠州屋〉は棒術の心得がある。長い得物を持たせればそこらの武士とも互角に渡り

「そうだったのですか？」

初めて会ったときから、その身のこなしはただの商人ではないだろうと感じてはいたのだが。佐吉さんがにこり、と微笑んだ。

「何かあっても、その子ども一人を守り、時を稼ぐぐらいにはお手伝いできましょうよ」

「できるも何も、それも見立てたのだろう？　お前が子どもと女を逃がさず捕らえる役割をしなければならんと」

「そうなります。そしてそこには、おるうちゃんも来てもらいます」

おるうちゃんを。

佐吉さんが、顔を顰めながら頷いた。

「子どもにそんな真似をさせるというのは心が痛みますが、なにせあの子は特別な〈隠れの子〉。覚悟も何もかもできているでしょう」

「女の、お品の〈隠れ〉の力に立ち向かえるのは、おるうちゃんだけってことか」

「そういうことです」

おるうちゃんの、〈隠れ〉の力を消す力。

日下さんを駕籠に乗せ、共についこの前、休ませてもらった谷中本村の百姓家へ向かった。

家が見えたところで日下さんは駕籠を止め、そこで下りる。刀を腰へ差しながら辺りを見回す。

「問題はないな」

「大丈夫でしょう」

通るのはここら辺りの農家の人間のみ。ましてや〈闇隠れ〉が現れるのは間違いなく日が暮れてから。

「奴らの匂いもまだないのだろう？」

「ありませんね」

よし、と、日下さんは頷く。

「一対一なら、お前と私で二人は確実に殺《や》れる」

「そうなりますか」

「変な力を持ってないのであれば、な」

そこは佐吉さんの眼を信じる他はない。私たちを襲った五人を、佐吉さんは暗がりとはいえ見ているのだ。

同じ〈隠れ〉ならば〈ひとり隠れ〉である佐吉さんはその場で見抜ける。全員が腕の立つ剣術使いとは見て取ったが、決して〈隠れ〉の力を持つ者ではなかったと言っていた。

「捕縛してから話を訊くというのは」

私たちは同心だ。それが本来の仕事ではあるのだけれども。

「まぁ」

歩き出しながら、日下さんは首をひょいと傾ける。

「無理であろうな。順番に捕縛していては、逃げられる。逃げられたらもう終わりだろう。一斉に殺らねば、こちらが殺られる。そもそもは向こうが俺たちを殺そうとしてきたのだからな。今更縛につく殊勝な相手とも思えん」

何よりも、と私を見た。

「捕まえたところで、奴らがお白州に上がるどころか、我らがどこかへやられるかもしれんしな」

頷くしかなかった。与力様か、その上か。

間違いなく〈ざりば講〉や〈闇隠れ〉に通じたお人が奉行所内にいる。そこに手が届くことはまず、ない。確たる証拠などあるはずもなく、あったにしても〈ざりば講〉自体が大店の集まりなのだ。

顔触れがわかったところで、彼ら皆を裁くことなどは無理だ。

ふと、思いついた。

「ざりば、とは、じゃりば、つまり砂利の場のことでしょうか」

「おう」

日下さんも声を上げた。

「砂利か。砂利の場。確かにじゃりをざりと言う者もいる」

「ひょっとして、お白州の砂利敷のことに引っかけたのでしょうかね」

「お白州に出るその前に始末する、それ故に砂利場か。なるほどそうかもしれん。いかにも商人連中が捻くりだしそうな名前だ」

それがわかったところでどうなるわけでもないが。

農家の離れ屋の戸が開き、中から野良着姿の男たちが出てきた。こちらに向かって頭を下げる。

「〈神楽屋〉のか」

日下さんが言うと、へい、と皆で頷いた。いちばん背の低い肌の浅黒い男が、声を上げた。

「あっしが橘です」

「堀田州次郎だ。こちらは牢屋同心の日下安左衛門殿」

「五郎です。力を使うことなら何でも」

どんな大男かと思えば、そうでもない。丸顔の柔和そうな男だ。しかし、身の内から湧き上がる何かは感じる。

「秀です。お聞き及びでしょうが、鎖鎌を」

眼光鋭い秀は、はっきりとわかった。鎖鎌を使うだけあって、間違いなく武芸の嗜みがある。既に習い性になっているのだが、匂いも覚えた。これで離れて隠れても、どこに三人がいるかは手に取るようにわかる。

「中へ入ろう」

湯が沸かしてあり茶の用意がしてあった。

「普通に使っていると思わせないと拙いと思いまして」

「その通りだな」

五郎が茶を淹れてくれた。

「まずは、過日、命を助けてもらった礼を言う」

日下さんがそう言い、二人で頭を下げると、三人とも大袈裟に手を振った。

「とんでもねぇです。こちらこそお役に立てて良かったです」

橘が笑う。きっと年の頃は私と同じはずだ。

「外の見張りに一人立ててますね」

「いや、大丈夫だ」

掌を見せて制した。ここに着いたときから、ずっと鼻の力を使っている。

「私を襲ってきた男たちの匂いははっきりと覚えている。近づく前にわかるから見張りは必要ない」

「わかりやした」

すぐに納得して頷くのは、慣れているのだ。皆が〈隠れ〉だ。人の持つ力を、尋常ならざる強さで使えることに。

「手筈は、聞いていると思うが」

日下さんが言うと、三人とも頷いた。

「一対一なら俺も州次郎も負けはしない。相手はおそらく五人。残りの三人をお前たちの技でまずは抑えてくれ」

「お任せを。裏から出て行って隠れる場所も決めてありやす」

秀が言い、皆と顔を見合わせた。

「動けなくさせるだけでいいんだ。殺そうとまで考えて無駄に力は使わなくていい。動けなくさせたら、後は遠巻きに奴らから逃げられるところにいて、私や日下さんが危うくなったときに助けてくれ。もちろん、石飛礫や鎖鎌でな。遠くからだ。決して自分の命を危うくさせるような真似だけはしてくれるな」

三人が、承知、とゆっくりと頷いた。

「実は」

秀だ。静かに口を開いた。

「向こうにいるかもしれねぇお品を、あっしたちは知っています」

「そうなのか？」

「三人とも、お品とそんなにも違わねぇ頃に〈神楽屋〉に来ました。あっしや橘はいつもあちこち出張っていましたから常に一緒ではなかったですが、五郎は、十年やそこらを長屋の隣で過ごしました」

丸顔の五郎が、唇を歪ませた。まだ幼き頃からの、仲間。

「どんな女だったのだ」

日下さんが訊くと、五郎は溜息をついた。

「優しいけど、おっかねかったです」

「おっかない」

「あいつぁ、〈隠れ〉の力を隠せねかったんで。ガキの頃ならまだしも、おっきくなっても操れねかった」

「操れないとは、その、心の力みたいなものをか」

そうです、と五郎は頷いた。

「普段は、優しい女の子でさぁ。何でも器用にできたし、頭も良かった。んでも、カッとなったりすると、つい力が出ちまう。自分でどうにもなんねぇぐらいに。だから、皆がおっかながってた」

「仕方ねぇと思うとこも」

　秀が言う。

「あいつぁ、ずっと殴られてきたって」

「殴られた？」

「〈神楽屋〉に来る前には、何にもわからねぇ奴らに力が出る度に殴られたりしていたらしい。折檻《せっかん》みてぇに。覚えている奴に聞いたけど、〈神楽屋〉に来た頃は身体中が痣《あざ》だらけだったとか」

「それは」

　ひどい、と、日下さんが顔を顰めた。

「それでも」

　秀だ。

「こっちに来てからは、鉄斎さんになだめられ、やり方を習って、何とかはなってた。カッとなって力を使っても相手が痛がるのは腕とか足とか、そこを殴られたり抓《つね》られるぐらいの痛みでさ」

　抓られる痛み。それで収めていたものを、か。

「鉄斎さんは何も言っていなかったが、いなくなった理由とかあるのか」

五郎が首を横に振った。

「俺らには、何にも」

「ただ、いなくなったのは医者のところからなんだ」

「医者？」

「蘭学塾《らんがくじゆく》なんかに行かせてもらっていた。そのときに、突然いなくなったんだ。捜したけれど見つからなかった。まさかこんな形で」

「そうか」

〈隠れ〉は、闇を抱える。けれども〈神楽屋〉に集う〈隠れ〉はその闇を抑え、上手く付き合う。そういう術を学んで生きる力にしていく。

お品は、蘭学塾で学ぶという優れた才を持ちながら、それを活《い》かすことができなかったのか。それとも闇に囚われてしまっただけ、か。

「子どもの話は聞いたか？」

「へぇ。けれどもあいつにはいなかったし、その後に〈神楽屋〉にいる子どもはいなくなったりしてませんのでね。どこかからやってきたのか」

「お品がその後に産んだ子どもか、か」

「そうですね」

橘が頷いた。

そのとき、鼻に微かに流れ来る匂いがあった。嗅いだ覚えのある匂い。

男たちの匂い。

刀を摑んだ。

「日下さん」

「来たか」

「まだ遠いです」

「俺らは行きます」

三人がすぐに動き出し、裏から音を立てずに出て行った。明かり取りから外を見る。橘と五郎と秀が、決めた場所についたのがわかった。

匂いで、それぞれの位置も確認する。これで大丈夫。暗がりでも三人がどこにいるかは、わかる。

「見えるか」

「まだ遠いですが」

見えた。幸い、夜空に雲はなく月が出ている。

「駕籠か？」

眼を凝らした日下さんが言う。

「そのようですね」

前に一挺《いっちょう》の駕籠を担ぐ二人、その後ろに三人。急ぐでもなく、ゆっくりと近づいてくる。それ以外には、いない。

五人が五人ともまったく同じ闇に溶け込む墨色の着物に股引き。背の高さ以外にほとんど区別はつかない。

「目くらましか」

「同形《どうぎょう》の計のつもりでしょうか」

数人が同じ姿形、同じ姿勢で攻め込むことによって惑わせる戦い方を教える流派はある。それを真似ているのか。顔を隠してはいないから近づけば区別はつくだろうが、既に陽は落ちている。

刀は、見えない。駕籠の中に隠しているのか、あるいは前と同じ短めのものなら背に隠せばこちらからは見えないか。

しかし、匂いでわかった。間違いなく刀を持っている。

「駕籠は、小判を運ぶための目隠しだな」

「そうでしょうね」

四千両もの小判を運ぶのは、難儀だ。あの駕籠ならば上手く積めば何とかはなるだろう。近くの川縁《かわべり》に舟を置いてあるやもしれぬ。

橘も秀も五郎も伏せて待ち構えている。橘が石飛礫で一人を倒すと同時に飛び出していく手筈になっているのだが。

一行の足が止まった。

こちらではなく、橘が伏せて隠れている方を見た。

懸念していたのは、佐吉さんのところに現れた商人風の〈闇隠れ〉の男の力だ。どんな力であるかは、佐吉さんは見立てられない。

もしも、私の鼻の力のように、隠れている者を察するような力であったら拙いと思っていたのだが。

駕籠が下ろされた。

「見抜かれた！　行くぞ！」

日下さんが叫んだ。

戸板を蹴破り、飛び出す。

走る。

前で駕籠を担いでいた男がのけ反り倒れたのは、橘の石飛礫だ。後ろを担いでいた男は駕籠からすかさず離れたが、今度は前のめりに頭から倒れたのがわかった。

じゃり、という音が微かにした。

秀の鎖分銅だ。

後ろを歩いていた三人は、二人が倒れたのにもかかわらず逃げずにこちらに走ってくるのがわかった。

助かった。石飛礫と鎖分銅が飛んできた方へ走られたら、橘と秀を助けに走らなければならなかった。日下さんの足では無理だ。私一人では、どちらか一人しか助けられない。

三人のうち、いちばん後ろを走っていた男が、突然、どう、と倒れた。足に鎖が巻き付いていた。

秀か。その秀が放った鎖の端を五郎が持っているのがわかったが、思わず眼を見開いてしまった。

男が、宙を舞ったのだ。

前の男二人も思わず足を止め、何かを叫んだ。

五郎が鎖を振り回し、その先に足を搦《から》め取られた男の身体がまるで凧《たこ》のように宙に舞い上がり、そして地面に叩きつけられた。

ずしん、と、地が震えたような気がした。

凄まじい。

〈隠れ〉の怪力とはこれほどのものなのか。

橘、秀、五郎の三人がすかさず走り出し遠ざかるのがわかった。あれだけ離れればもう残った二人に狙われることもない。倒れている三人の〈闇隠れ〉の男たちは、ぴくりとも動かない。

事切れたか、気を失ったか。いずれにしても少しでも動けば橋の石飛礫が飛んでくるだろう。

前の男二人が、足を止めた。

私と日下さんと、向き合う。ゆっくりと、摺り足で移動するが、やはり見たこともない動き方だ。

「左を任せた。右の方が小さい」

「承知」

ゆっくりと、離れた。

「北町奉行所同心堀田州次郎だ」

「同じく日下安左衛門」

「念のために訊くが、お縄につく気はないか」

答えない。

じり、と、動く。

私の鼻は、匂いを嗅ぎつける。

人は、力を込めればそこに熱を持つ。その熱で身体から立ち上り染み出るのは様々な匂い。これまでは無意識にしていたことだが、その匂いで、対峙した人間がどう動くかを察する。

動きを、読める。

私に向き合った背の高い男が、構えることなく刀を抜き様に踏み込んで来るのが、わかった。

(居合か)

咄嗟《とっさ》に小柄《こづか》を抜きそのまま男の顔に向かって投げる。それを避けるために一歩踏み込むのがほんの刹那遅れる。右手で刀の柄を握り締めるのが一呼吸ずれた。

その機を逃さず。

間に、大刀を抜き様右足を大きく斜めに踏み込む。

気合いを一閃《いっせん》。

居合抜き。

男の胴を右腕もろとも斬り抜いた感触が右手に伝わる。その踏み込んだ右足の踵《かかと》を浮かしながら左足で地を蹴り身体を左へと回す。回りながら両の手で柄を摑み振り上げ腹を折った男と正対したと同時に、その脳天から左斜めに刀を振り下ろす。

血飛沫が飛ぶと同時に男がくぐもった声と共に崩れ落ちる。

絶命する。

背後で刀を合わせる音が一度響いた。即座に振り向き構える。

日下さんが相手と鍔迫《つばぜ》り合いをしていた。

日下さんの背を見る形になっていたため跳びすさり横から回り込もうとしたとき、日下さんが一度膝を折った。

（危ない）

膝が痛んだか。

回り込みながら刀を振り上げようとしたが、違った。

わざと膝を折り、男に押し勝ったと思わせ刀を一度引かせたのだ。そのまま袈裟懸けにこようとしたところで、日下さんが膝を折ったまま、引かせた男の刀を上に摺り上げ、刀を掌で回し、持ちかえしながら男の腹を突いた。

男の口から声が漏れる。それでも刀を振り下ろそうとしたところを、すぐさま刀を腹から抜いて躱し、立ち上がり様に首を突き、斜めに払った。

血飛沫が空に飛び、男が倒れた。

思わず見事と叫びそうになった。刀を振り下ろす相手に向かっての突きほど勇気のいるものはない。

日下さんは、突きの名手であったか。

ひゅう、と、息が漏れる。

「大丈夫か州次郎」

「はい」

日下さんが頷き、倒れた男の息を確かめるようにしながら、その着物で刀の血を拭った。懐紙は使わない。

侍同士の戦いではない。

「拭いておけ。そのまま収めると後で手入れが面倒になるだろう」

頷いて、倒した男に一度眼を向け閉じた。

(何も恨みはない)

胸の内で手を合わせてから、その衣で刀を拭いた。もう乾き始めている。

「初めて人を斬ったろう」

「はい」

「俺もだ。存外、平気でいられるものだな」

「気持ちが昂《たかぶ》っているからでしょう」

そう言うと、日下さんが違う、というように軽く首を横に振った。

「稽古のときも、対する相手を殺すつもりになっているからだ。俺もお前もその類いの人間だ」

免許皆伝までいくような人間は、そういうものだと言う。そうかもしれない。確かに稽古のときも、確実に相手を殺すつもりで、刀で斬るつもりで、相対していた。頭の中では相手の血飛沫も見えていたかもしれない。

橋が、駆け寄ってきた。

「お見事でした」

橋が言う。

「いや、お前たちも見事だった。本当によくやってくれた」

「まだ、一人は息があります」

「そうなのか？」

見ると、五郎と秀が最初に石飛礫で倒した男の脇にいた。

「もしも〈隠れ〉を生け捕りできたのなら連れて帰れと鉄斎さんに言われていますが、どうしましょうか」

「鉄斎さんが？」

橘が頷いた。

「あの男は〈隠れ〉です。以前に〈神楽屋〉にいた民蔵《たみぞう》です。後の四人は、どこの誰かもわかりません」

「そうか」

他の四人は〈隠れ〉ではないと佐吉さんも言っていたから間違いないのだろう。

「その民蔵にはどんな力があったのだ」

「あいつは、耳がいいです。葉擦れの音さえ聞き分けます。それで俺らが隠れていることがわかったんでしょう」

耳の力か。葉擦れまで聞き分けるとは恐ろしい。

「民蔵の他にも、〈闇隠れ〉になっちまった者はまだいます。〈隠れ〉の男を捕まえたならそこから手繰ってみたいと鉄斎さんは言っていましたが」

「わかった」

鉄斎さんに任せておけば、大丈夫だろう。日下さんが駕籠を示した。

「ちょうどいい。運ぶのにあの駕籠を使え」

「はい、そうします。家に運んだ小判の方は、後から〈神楽屋〉の者が取りに来る手筈になっていますから」

橘は、地べたに転がる男たちを見た。

「こいつらの後始末もお任せを」

「〈神楽屋〉さんに？」

橘が、頷いた。

「あっしたちは植木屋です。物を運んだり、土に埋めたりするのはお手の物なので」

そうだった。敷地内に墓もあると鉄斎さんは言っていた。

本来、道端に死体が転がっていればまずは近くの番屋に届けるのが筋というものだが、日下さんを見ると頷いた。

「そうしてもらおう。俺たちが届けても、橘たちに届けさせてもどっちにしても面倒が重なる。このまま葬ってもらおう」

「はい」

死人には悪いが、そうするほかにはなかった。

市中に戻る途中で、〈神楽屋〉さんの使いの者に行き合った。駕籠と大八車を二台引いた男たちが全部で十人からいた。小判と死体を片づけに来たのだ。私と日下さんの姿を認めて、走り寄ってきた。

眼に馴染んだ〈神楽屋〉さんの袢纏を着ている。

「ご苦労さんでございます。これは先程〈遠州屋〉さんに頼まれた書付。今から取って返してくれれば十分間に合うとのことです」

「わかった」

書付を開くと、お品の居所は、根津権現町とあった。

確かに、それほど遠くではない。今夜中に何もかも済ませるのには、十分に間に合う。

「日下様は、あの駕籠をお使いくださいませ」

「何から何まですまんな。急ごう」

「はい」

夜もとっぷりと暮れた。外を歩く人もいない町に駕籠を担いだ〈神楽屋〉さんの二人の掛け声が静かに響く。

「ここでいい」

中から日下さんの声があり、駕籠が止まる。

「後は歩く。済まなかったな。鉄斎さんによろしく伝えてくれ」

寺門の前の三差路になった端の板塀のところに、佐吉さんの姿があった。その隣に、おるうちゃんも。

「待たせた」

「首尾よく、お済みでしょう」

佐吉さんが微かに頬を緩ませた。

「おそらくは、見立て通りに」

頷き、くい、と顎を家に向けて動かす。

「中にいますよ。戻ったきり出てきていません。鼻で、わかりますね？」

言われて、嗅いでみた。裏にある竹林の匂いが強いが、わかる。小さな庵《いおり》のような家の中に、女が一人。そして、子どもが一人。

二人きり。それ以外に人はいない。猫の匂いがするが、それは残り香だ。

「子どもはどうしてるんだ？」

日下さんが言う。

「おそらく、寝ています」

部屋は、四つ。頭の中に匂いで嗅ぎ分けたものを思い浮かべる。

「土間を上がったところに女の匂い。お品ですね。起きています。襖一枚隔てた隣の部屋に子どもの匂いがあります。ぐっすりと寝ていますね」

子どもの体温が高いのは、匂いでもわかる。

「おるうちゃんは、眠くないのか」

こっくりと頷くおるうちゃん。

「平気です」

確かに、その眼には生気がある。

佐吉さんが、おるうちゃんの頭をそっと撫でた。

「中に踏み込むのは、堀田様とおるうちゃんにお任せするしかないですね」

「俺は無理か？」

訊いた日下さんに、佐吉さんは顔を顰めた。

「いくらおるうちゃんがいても、〈隠れ〉ではないお人を守るのはちょいと骨が折れます。あたしは表にいますので、日下様は裏口の方を。少し離れたところで守っていてくだされば」

「わかった」

「仮に、ですよ日下様。万が一、お品が堀田様から逃れて裏口から出てきても決して近づかないように。三間は離れて、後を尾けてくださいませ」

「承知。州次郎」

「はい」

日下さんが、小さく顎を引いた。

「お品は、まず間違いなくお前の養父を、堀田惣一郎を殺した女だ。どうするかはお前に任せるが」

「わかっています。子どものいる前で、無体なことはしません」

もしもですよ、と、佐吉さんが言う。

「生かして捕らえるおつもりなら、縄を掛けて連れて出てください。離れていりゃあ、おるうちゃんの力が届かなくても大丈夫でしょうよ」

「あの」

おるうちゃんが、私を見た。

「もしも縄を掛けるのなら、きつく縛ってください。可哀想ですけど、痛がるほどに」

「痛がるほどに？」

こくり、と頷く。

「痛みがあると、気持ちを整えられません。ほとんどの〈隠れ〉の人は、痛みでその力は使えません」

「わかった。行こう」

戸に手を掛けた。


「入るぞ」

戸を開けて踏み込んでも、お品は驚きはしたものの慌ててはいなかった。長火鉢で煙草をつけていたのか、煙管を手にしたままだった。

「北町奉行所定廻り同心堀田州次郎だ。隣にいるのは、〈神楽屋〉のおるう。〈神楽屋〉のことはよく知っているだろう」

立ったまま、見下ろす。

お品の眼に、驚きはあっても怯えはない。

「〈神楽屋〉にいた、お品だな?」

問うと、一度その形の良い唇を真一文字に結び、きっ、と、こちらをその眼で見据えた。

両の手が、開いた。

そのまま五指を合わせ、まるでその中に鈴虫でもそっと包み込んで捕らえるように動かして閉じた。

あれが、お品の〈隠れ〉の力なのか。心の臓を摑んでいる仕草なのか。そういうものなのか。

何かが、私に触れた感じがあった。まるで風が吹いてきて着ているものの隙間という隙間から入り込み、身体を撫でていったような。

だが、それ以外は何も起こらない。

私は、生きている。どこも痛くも痒《かゆ》くもない。

お品の顔が、歪んだ。

「お品」

合わせた指が震えている。

「おそらく、無駄だ。お前の力は、私には及んでいない」

おるうちゃんが、しっかりと私の身体にしがみついているからだ。おるうちゃんの〈隠れ〉の力を消す力はその者に触れないと働かないそうだが、〈隠れ〉の力がこの身に及ばないようにすることも、こうしてできるのだろう。

触れていれば、の話だろうが。

「無論、このおるうにもだ。お前が〈神楽屋〉にいた頃にはいなかっただろう。今、鉄斎さんが育てている〈隠れの子〉だ。よもやこの子の、何の罪もない子どもの心の臓を握り潰そうなどとは思わないだろうな?」

お品の顔が、微かに揺れた。その瞳に光が灯った。

あれは、母親の顔だ。幼子を見つめる、愛《いと》おしむ母のものだ。

「〈遠州屋〉から盗まれた小判を運ぼうとしていた民蔵は捕らえた。他の四人の男たちは死んだ。〈ざりば講〉の〈闇隠れ〉で残るはお前のみだというのも。すべて、わかっている」

ぎり、と、歯嚙《はが》みする音がお品の口元から聞こえたような気がした。

「訊くが、私の養父である堀田惣一郎を殺したのは、お品、お前だな?」

「何をおかしなことを」

「隠しても無駄だ。私は覚えている」

あの匂いは、忘れていない。あの日に養父の部屋に残っていた女の匂いは。

「お品。お前の匂いだ。この私の鼻は、隣の部屋で眠る子どもの〈隠れ〉の力と同じものを持っている。お前が養父の寝所に残した匂いを私は今もしっかりと覚えている。隠し立てしても無駄だ」

お品の眼がまた驚きに大きくなり、隣の部屋を見た。

「同じ、と? 仰いましたか」

「そうだ。お前の息子と、私は同じ力を持っている。私は〈ひなたの隠れ〉と、お前たち〈隠れ〉に呼ばれる者だ。尋常ならざる匂いを嗅ぐ力を持っている者だ」

「ひなたの隠れ」

口が開く。あぁ、と、声が漏れた。

その眼が、ようやく私の真ん中を捉えたような気がした。おそらくは今までお品の眼には、私は同心としか見えていなかったのだろう。〈ひなたの隠れ〉などとは思いもせずに、ただ睨んでいたのみ。

心なしか、その瞳に潤みが見えた。

「よもや、本当に在るとは思わなかったですよ。そんなお人が」

「そうなのだろうな。お品、わかってくれたところでもう一度訊くぞ？　養父は〈ざりば講〉や〈闇隠れ〉の何かを摑んだ。お前は〈ざりば講〉、そして〈闇隠れ〉の存在を知られぬように、養父を殺したのだな？　その心の臓を摑む力で」

お品の肩が、落ちた。

「そうでございますよ」

低く、声を出す。隣の部屋で眠る子を起こさぬように。

「誰が命じたのだ。〈ざりば講〉の元締めは、お前たち〈闇隠れ〉を束ねているのは、誰だ」

「元締め？」

「そうだ。〈ざりば講〉の元締めたる〈井筒屋〉が命じたのか？」

唇が歪んだ。

「〈ざりば講〉に元締めなどいやあしません。誰が始めたのかと問われれば、あたしと答えますよ」

「お前が？」

こくり、と、頷く。覚悟を決めたか。少しく潤んでいた眼に、力が戻った。

「あたしですよ。このあたしの力があってこその〈ざりば講〉ですよ。集まってきた〈闇隠れ〉と、殺しの技を持った者を束ねたのも、あたし。確かに〈井筒屋〉は〈ざりば講〉を取り纏めていましたけれど、要はただの表の纏め役」

お品が、真ん中にいたのか。

考えればこの力を持つ者を頭に据えるのも当然、か。離れていても心の臓を止められる女に、誰が逆らえる。

「何故だ。何故お前は〈神楽屋〉を飛び出し〈闇隠れ〉になった。子どももいるというのに、何故その手で人を殺める」

訊きたかった。恨みは、確かにある。養父を殺された恨みはあるが、それ以上に知りたかった。何故、その力を闇に使うのか。

お品が、少し遠くを見るように眼を動かす。

「三つの頃なんですってよ。あたしは何歳だったか覚えちゃあいないんですが、離れたものを掴まえようとしたんですってよ。庭にいる雀《すずめ》をね」

「雀」

「こう、ね」

両の手で包み込むようにした。

「可愛い雀を、届かないけど、包み込んで掴まえようとした。縁側からですよ。どんな子でもやりそうな可愛らしい仕草でしょう？」

そうでしょう？　と笑みを浮かべ問われ、頷いた。もしもその場にいたならば、自然に笑みがこぼれるだろう。無邪気な子どもの様子だ。

「その雀がね。あたしが手を閉じた途端に、ぱたん、と倒れたんだそうですよ。何事が起きたかと思ったでしょうよ。ところがあたしはその雀が倒れる様子が可笑《おか》しくて、笑いながらまた雀を掴まえようと手を伸ばして、閉じる、ぱたん。閉じる、ぱたん。庭にいた五羽の雀があっという間に五羽とも地面に倒れたんですよ」

「雀の息の根を止めたのか」

こくり、と、お品は頷いた。

「あたしにはそんなつもりはありませんでしたよ。ただ、雀を可愛がりたいと思っただけですよ。でも、そうなってしまった。それからですよ」

親が、あたしを怖がり始めたのは、と続けた。

「待って、と、あたしが手を伸ばせば、その手が届いていないのに袂《たもと》を引っ張られる。泣き叫んで手を振り回すとまるで胸に石飛礫を飛ばされたような痛みが走る。怒ったあたしが手を握ると、まるで首を絞められたように苦しくなる」

お品が、唇を曲げて笑う。

「恐ろしくて恐ろしくて、とても我が子とは思えなくなったんでしょうよ。鬼子とも考えた。それで、尼寺に放り出されたんですよ」

「そこから、〈神楽屋〉へか。しかし、鉄斎さんは言っていた。お前は医術を知り自分の力が役に立つのではないかと学び始めていたと」

「学びましたよ。学んで、よっくわかりました。あたしは、楽しいんだと」

「楽しい」

「堀田様は、犬猫がお好きですか？」

何を訊くのか。

「好きだが」

「子猫をその手で抱けば、愛おしいでしょう。楽しいでしょう。違いますか？」

「違わないな」

「同じですよ。あたしはね、命をこの手に包むのが、楽しいんですよ。嬉しいんですよ」

掌で、何かを包み込む。

「こうして、包んで、そして消えていくのを感じるのがね。楽しくて嬉しくてしょうがないんですよ」

唇が、笑みの形に動く。命が消えるのが、楽しい。

そのような人間がいるのか。いるのだろう。命を弄ぶことが、心地よいと思ってしまう者が。

隣の部屋を見た。

「眠るあの子は、お前の子か？」

頷いた。

「万吉《まんきち》と言います」

万吉か。目出度《めでた》い名だ。

「万吉の〈隠れ〉の力は、鼻の力か？　どんな匂いでも嗅ぎ分けるな？」

「その通りです」

「そこにいるはずのないものの匂いはどうだ」

「いるはずのないもの？」

お品が首を傾げた。

「それは、何でしょう」

「わからぬものだ。この世のものではないかもしれない。私も万吉と同じ鼻の力が強い者だが、眼に見えぬものの匂いも嗅ぎ取ってしまう」

少し驚いたふうに、眼を丸くした。

「そんなことは、言った覚えがないですね。あの子は、ただ匂いを嗅ぎ取るのが強いだけで」

「そうか。私とは少し違うか。お前は、その手に包むのが、あの子の命でも楽しいと思うのか」

お品が、私を睨む。

それで、少し安堵した。我が子の命は、愛しいか。腰から捕り縄を抜いた。

「お前を、召し捕る」

「堀田様、万吉は何も知らずただこの母の言う通りにしていただけです。〈隠れ〉の力はあっても、普通の優しい子ですよ」

「そうであろう。父親は、どこの誰だ」

唇が、歪んだ。

「誰であろうと、あなた様には関わりのないこと。あたしの子どもですよ」

「もしも父がいるのならば、あの子を委ねるべきではないのか？」

「いませんよ。死んでます」

「何をしていた男だ。仲間か」

口をつぐんだ。

素性を言えない男、ということか。本当に死んでいるのなら最初にそう言うだろう。

「案ずるな。子どもは然るべきところで面倒を見てもらう」

ふっ、と笑みを漏らした。

「〈神楽屋〉でしょうに」

「〈隠れの子〉ならばそうするのが良いのだろう。あそこなら、安心だろう」

「安心ですか。あそことて所詮は隠《かく》れ蓑《みの》。鉄斎があたしたちのようなあそこを離れた者に何をしているか。あそこにどれだけの墓があるかも知らずに」

「知っている」

鉄斎さんから、聞いた。

「お前のように〈闇隠れ〉になり、人に仇《あだ》なすようになった者を見つけたならば処分しているのだろう」

「あたしたちと何が違います。あいつらだって人殺しですよ」

それは確かにそうだろう。

「だが、好きでやっているわけではない。罪なき人は殺さぬだろう。鉄斎さんもお前のことを案じていた。もしも、お前が万吉のことを思うのなら、一緒に〈神楽屋〉さんに連れて行ってもいい。このおるうに」

おるうちゃんを見た。おるうちゃんも、お品を見て頷く。

「お前の〈隠れ〉の力を消してもらってからの話だが」

「消す？」

知らないのだろう。

「そういう力が、おるうの〈隠れ〉の力だ。お前が大人しく従うのならば、間違いなくその力を消せる。少なくとも、万吉と一緒に過ごせるし、また命を弄ぶようなこともなくなるだろう」

「あたしを殺さないんですか。あなたのお父上を殺した女ですよ」

「殺したいわけではない。同心としてはお前に罰を受けさせねばならないが、お前が素直に力を消させて、罪を償う心を持てるのならば、何の罰も受けることなく〈神楽屋〉さんで過ごせばいいとも思う」

子どもには、親が必要だ。

愛情を持つ親ならば。

「我が子は愛しいだろう。そして、お前は数々の人を殺してきたとはいえ、子どもまで手にかけるような人でなしではないだろう」

お品が私を見た。

「万吉と同じ力を持つと仰いましたね」

「そうだ」

「〈神楽屋〉に置いても、万吉のことに、あなたは心を配ってくださいますか」

「もちろん、そうしよう」

同じ力を持つ子どもだ。まだ顔も見ていないが、その心持ちは手に取るようにわかる。

他人とは思えん。

お品が、こくり、と頷く。

「おさらば」

おさらば？

「駄目！」

おるうちゃんが叫んだ。手を伸ばした。

お品に向かって。

お品は、両の手を自分の胸に当てていた。

そのまま、倒れ込んだ。

「馬鹿な」

自分で、自分の心の臓を。

「お品！」

抱き起こした。

しかし、もう事切れていた。

佐吉さんも、日下さんも入ってきた。二人にお品との話を伝え、日下さんはお品が死んでいることを確かめる。

「止める間もありませんでした」

佐吉さんが、小さく頷いた。

「ずっと、心配していたのかもしれませんね」

「心配とは」

「自分が子どもに抱く愛情が、いつその命を奪う楽しみにすり替わるのかと。怯えていたのかもしれませんよ。だから、堀田様の言葉に覚悟ができたのでしょう。子どもの命を消す前に自分の命を消す覚悟が」

「州次郎がいるなら大丈夫と思ったんだろうさ」

日下さんも頷きながら言った。

そんなふうに、思ったのだろうか。

「あたしが、来たことにしましょう」

佐吉さんが言う。

「この家は〈井筒屋〉の持ち物ですが、どうせお品を囲っていたかどうかは知らぬ存ぜぬで通すでしょうよ。あたしの昔からの知り合いということにして、訪ねてきたら死んでいたと」

「心の臓の発作だったと」

日下さんが頷いた。

「そんなとこだな。そして馴染みの同心である州次郎を呼んだってことにすりゃあいい。おるうちゃんと俺はここにはいなかった。それで、誰もが納得する」

「あの子は」

おるうちゃんが言って、皆が部屋の向こうを見た。おるうちゃんが、そっと襖を開けた。布団の中に、小さな子どもの寝顔があった。

この騒ぎの中でも、襖一枚隔てた座敷でぐっすりと眠る子ども。万吉。寝顔が、可愛らしかった。

皆の顔に、笑みが浮かぶ。

「大物になるかもしれん」

日下さんが言う。

「あの子は、〈神楽屋〉さんにお任せするしかないでしょうね」

佐吉さんの言葉に、頷いた。

万吉は、紛れもなく〈隠れの子〉だ。

それがいちばんだろう。

＊

〈神楽屋〉の鉄斎さんを訪ねたのは、二十日も経った頃だった。

「こちらから伺うところを申し訳ないですな」

「いや、私も一度お伺いしようと思っていましたので」

万吉のことを、気にかけていた。母が突然に死んでしまって、誰も知る者もいない〈神楽屋〉さんでどうしているかと。

「元気そうでしたね」

鉄斎さんも、頷いた。

門を潜ったときから、声が聞こえていた。他に大勢いる長屋住みの子どもたちと遊んでいる万吉の声が。そしてその笑顔も、元気な姿も眼にした。

「すっきりと、していましたよ。気持ちが整ったのでしょうな。ここに来て自分がどういう人間であるかがはっきりわかったことが、いい方向に向かったようで」

「そうですか」

「何よりもここには、自分と同じ人間が大勢いる。それが嬉しいようでした。中々に明るい心持ちの子ですよ。きっと良い仕事ができるようになります。鼻がいいというのは、どんな仕事にも通じる良い力ですからね」

そうなってくれればいい。

「失礼します」

声がして、おるうちゃんが現れた。膝を突き、頭を下げる。

「ご無沙汰しております」

「やぁ、元気そうだ」

「はい」

鉄斎さんが、微笑み、そして私を見る。

「以前よりお伝えしていた通り」

「はい。私の方では何の問題もありません」

しかし、と思う。

「おるうちゃんは、本当にそれでいいのかと」

「るうが、望んでいます。堀田様をお守りしたいと」

鉄斎さんが笑みを浮かべ、おるうちゃんが少し含羞《はにか》むように下を向く。

〈闇隠れ〉だった民蔵を捕らえてわかったことだ。この江戸には、他にも鉄斎さんも知らぬ〈闇隠れ〉が大勢いる。それが、仕切っていたお品が死んだことでばらばらになる。ばらばらになり、悪事に手を染める者も多くなるだろう。そしてお品を死に追いやった〈ひなたの隠れ〉である私のことも、知られていくだろう。

何よりも、万吉が言っていた。あの家には、名は聞かされていないが与力が来ていたと。万吉は、父親とも思っていたと。

鉄斎さんでは、手が届かぬ。見立てのできる佐吉さんと、〈隠れ〉を知る同心である私や日下さんの手がどうしても必要になる。

そして、おるうちゃんも。

「形としては、下働きなどではなく、堀田家の養女として来てもらいます」

「願ってもない、ありがたい話です」

おるうちゃんを見た。私を真っ直ぐに見て、微笑む。

「今日から、堀田るうだ」

「堀田るう」

おるうちゃんが、いや、るうがそう自分の名を呼び、嬉しそうに笑った。

主な参考資料
浜崎大『江戸奇品解題』（幻冬舎ルネッサンス）
飛田範夫『江戸の庭園　将軍から庶民まで』（京都大学学術出版会）
渡辺信一郎『江戸の生業事典』（東京堂出版）
氏家幹人『古文書に見る江戸犯罪考』（祥伝社新書）
重松一義『大江戸暗黒街　八百八町の犯罪と刑罰』（柏書房）
田中優子『江戸はネットワーク』（平凡社ライブラリー）

その他、インターネット上に存在する数多くの江戸に関する研究資料を参考にさせていただきました。

また、あまたの江戸を舞台にした小説、漫画、映画、テレビドラマに創作上のインスピレーションを得ています。諸氏の素晴らしい作品群と文業に賛辞と感謝を表します。

解　説

大矢博子

小路幸也が時代小説!?

驚いて読み始め、そしてふたつの理由でにやにやしてしまった。ひとつは、初の時代小説とは思えない堂に入った書きっぷりに。いやはや、どうしてなかなか、時代小説のキモをしっかり押さえた、風情と人情たっぷりの捕物帳ではないか。

そしてにやにやしたもうひとつの理由は——まあ、それは後にとっておこう。

物語は、大店《おおだな》の植木商・神楽屋に奉公する少女、るうの語りで始まる。

るうは下働きとして台所仕事や掃除をしているが、本分は別にあった。彼女は隠れと呼ばれる特殊能力を持った少女なのだ。神楽屋の主人で同じく隠れである神楽鉄斎のもと、子どもの隠れが関係しているような事件があると、るうが派遣されるのである。

今回は煙草屋で人の形をした煙の化け物のようなものが出る、という一件にるうが対応することになった。ただ、子どもの〈隠れあそび〉ならいいが、もし手に負えないと思ったら、近くにある秣商《まぐさ》の遠州屋佐吉に助けてもらえ、と言われる。彼もまた隠れ、しかもめったにいない〈ひとり隠れ〉だからと。

一方、その佐吉は八丁堀の若き定廻《じょうまわ》り同心と知り合いになる。佐吉は一眼《ひとめ》見て、その同心も隠れであることを察知した。しかも実に珍しい〈ひなたの隠れ〉だと——。

……いやいや、ちょっと待った！

隠れが特殊能力の持ち主という意味なのはわかったが、〈隠れあそび〉とか〈ひとり隠れ〉とか〈ひなたの隠れ〉とかって何。そんな周知の言葉のように進められても。と、思ったでしょう？　ええ、私も思いましたとも。

ここで説明することは簡単なのだが、やめておく。あ、ひとつなら言ってもいいかな。〈隠れあそび〉とは、特殊能力を持つ子どもがその力を、まだそれとはわからずに使ってしまっていること。だがそれ以外の〈ひとり隠れ〉や〈ひなたの隠れ〉が何かというのは置いておこう。わからないままでも物語を楽しむのに何の支障もない。隠れにはそういうジャンルがあるのだな、くらいに思っておけばいい。ただ、何だろうと思いながら読んでいくうちに、少しずつその世界が見えてくる気配はけっこう心地いいのだ。なんとなくわかる、でも確証がない、気になる——その気持ちが物語を丹念に読ませるのである。もちろん後半にはきちんと説明してくれるくだりもあるのでご心配なく。説明されるのが後半、というのはけっこう大事なことなのだ。

ということで、ここでは、それぞれ異なる特殊能力を持った者たちがいるということと、佐吉が同心から聞いた事件は〈闇隠れ〉という（また新しい用語が！）一派がかかわっているらしいこと、そしてその〈闇隠れ〉の事件を解決するために、るうや佐吉や鉄斎や同心ら隠れたちが協力する物語であるということをご理解いただければいい。つまり、江戸のサイキック・バトルものである。

隠れという設定が目を引くが、まず捕物帳としての様式をしっかり踏まえていることに注目願いたい。商家に押し入り盗みを働いた賊を、闇の存在の者に殺害を依頼して金を取り戻す〈ざりば講〉という講（同一の目的のために出資する互助団体）の存在。それを追っていた先代の同心の不審死。さらに、その存在を知った者が次々狙われる。闇夜に浮かぶ真っ黒な屋形船。いっさいの証拠を残さず心臓の病としか思えない死体。これらの謎に、佐吉と同心を中心とした面々が立ち向かう。策略あり、剣戟《けんげき》あり。絵師や瓦版屋に協力を仰いだり、神楽屋の植木屋という職業の特性を利用した作戦があったりと、頭脳とアクションの両方がたっぷり楽しめる。合間に挟まれる、江戸の食の描写や町人の暮らしの様子も含め、初めての時代小説とは思えない出来栄えだ。

それを一際面白くしているのが、特殊能力の存在である。これが実に興味を引く。というのも、人によって持っている能力がまったく違うからだ。

怪力あり、抜群の嗅覚あり、あり得る未来から望ましいものを選ぶ力（!）あり、他者の力を吸い取る者あり。もはや大江戸サイキック・オールスターズだ。一方敵方にも「いや、その能力にはちょっと勝てないでしょ」という力があって、それをどう躱《かわ》すのかにワクワクが止まらない。

だが、本書のキモは、異能バトルそのものにあるのではない。そんな特殊能力を持って生まれた——生まれてしまった人々の生き方を描いているのである。それは言い換えれば、「自分は人と違う」ことを否応《いやおう》なく突きつけられた人々の話ということだ。

生まれながらに「普通ではない自分」を自覚する。自分では当たり前だったことが、他者にはそうでなかったと知ったときの戸惑い。わかってもらえない悲しみ。周囲から恐れられたり排斥されたりする苦しみ。るうは言う。

「わたしたちは皆そうです。自分の持つ力がなんなのか、そもそも力であることさえわからずに、薄氷の上に立ってその下の闇に引きずり込まれるか、周りから気狂いか鬼かとされるかを待つしかなかったのです」

はじめは、そんな力があるなんて便利だなあ——と思いながら読んでいたのに、いつしか冷たい塊を飲み込んだような気持ちになった。鉢植えの変種のように、理由も由来もわからないまま、ただぽつんと奇品ができてしまったようなものだと。出てしまったら、それは遺伝するかもしれない。だから結婚はしない、子どもは作らないという隠れもいる。〈ひとり隠れ〉や〈ひなたの隠れ〉といった言葉が後半でようやく説明されるのは、このためだ。この言葉に込められた意味は、彼らの状況を理解した上で初めて腑《ふ》に落ちるのだから。

この物語は、正義の超能力者と悪の超能力者の戦いの話ではない。持って生まれてしまった力を理解し、受け入れ、折り合いをつける。その上で真っ当に生きていく。それができた者とできなかった者との戦いなのだ。

その違いはどこにあるのか。出会いだ。るうは、力の何たるかを教え、世間の中で生きていくにはどうすればいいか導いてくれる人に出会った。同じ苦労を知る他の隠れとも出会い、絆《きずな》を育んだ。一方、闇に落ちた隠れたちは、それを教えてくれる人がいなかった。手を差し伸べてくれる人がいなかった。受け入れてくれる人がいる。助け合う仲間がいる。大丈夫なのだと、「普通」でなくても幸せになれるのだと、証明してくれる仲間がいる。それを、作中のある人物は「家を造る」「家族のようなもの」と表現した。それは固まって孤立するための家ではなく、助け合って外へ出ていくための家であり、必要ならいつでも迎えてくれる家族だ。

本書における特殊能力は、誰しも抱えているコンプレックスや悩みの比喩である。自分が「普通ではない」と悩んでいる人に対して、ひとりで抱え込まずに外に目を向ければ、助けてくれる人は必ずいるよ、待ってるよ、とこの物語は伝えているのだ。

さて、私が読みながらにやにやしてしまったもうひとつの理由について。

佐吉が出会った〈ひなたの隠れ〉の同心は、名を堀田州次郎という。

え、堀田？　そう、堀田なのだ。

堀田州次郎は、著者の看板である「東京バンドワゴン」シリーズの堀田家のご先祖さまなのである。つまりこれは、「東京バンドワゴン」シリーズのスピンオフでもあるのだ。堀田州次郎が「愛でござるなあ」などと言ったり……はしないけれど。

実は「あ、堀田だ」と思ったとき、ちょっと首をかしげたのである。特殊能力者たちが集まって主人公が同心、つまり警察だと考えれば、これは『東京バンドワゴン』ではなく、むしろ『マイ・ディア・ポリスマン』のシリーズ（祥伝社文庫）のご先祖の話とした方が、据わりがいいのでは？

だが、読んでいくうちに、いや、これはやはり堀田家だ、「東京バンドワゴン」シリーズだ、と納得した。なぜならこれが家の物語だったから。血はつながらなくても絆でつながっている家族の物語だったから。家族を超えて縁があった人と助け合う物語だったから。人が出会って、何かが生まれて、それが受け継がれていく話だったから。そのテーマはまさに「東京バンドワゴン」シリーズに通底するものだ。

もちろん、「東京バンドワゴン」シリーズと何かが直接リンクしているわけではないし、そちらを未読でも本書を独立した時代小説として楽しむのに何の問題もない。だがぜひ、これを機に堀田州次郎の子孫たちの物語も手に取ってみていただきたい。これもまた、出会いなのだから。

（おおや・ひろこ　文芸評論家）

本書は、「小説すばる」二〇一九年十一月号〜二〇二〇年九月号
に連載されたものを加筆・修正したオリジナル文庫です。

小路幸也の本

東京バンドワゴン

東京下町で古書店を営む堀田家は、今は珍しき８人の大家族。一つ屋根の下、ひと癖もふた癖もある面々が、古本と共に持ち込まれる事件を家訓に従い解決する。大人気シリーズ第１弾！

小路幸也の本

シー・ラブズ・ユー　東京バンドワゴン

笑いと涙が満載の大人気シリーズ第２弾！　赤ちゃん置き去り騒動、自分で売った本を１冊ずつ買い戻すおじさん、幽霊を見る小学生などなど……。さて、今回も「万事解決」となるか？

集英社文庫

小路幸也の本

スタンド・バイ・ミー　東京バンドワゴン

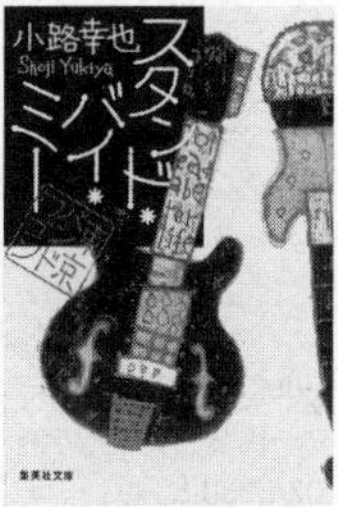

下町で古書店を営む堀田家では、今日も事件が巻き起こる。今回は、買い取った本の中に子供の字で「ほったこん　ひとごろし」と書かれていて……。ますます元気なシリーズ第３弾！

集英社文庫

集英社文庫

隠《かく》れの子《こ》 東京《とうきょう》バンドワゴン零《ゼロ》

2021年7月20日 第1刷
2021年11月7日 第3刷

定価はカバーに表示してあります。

著　者　小路幸也《しょうじゆきや》

発行者　徳永　真

発行所　株式会社 集英社
東京都千代田区一ツ橋2-5-10　〒101-8050
電話　【編集部】03-3230-6095
【読者係】03-3230-6080
【販売部】03-3230-6393(書店専用)

印　刷　凸版印刷株式会社

製　本　凸版印刷株式会社

フォーマットデザイン　アリヤマデザインストア　　マークデザイン　居山浩二

ISBN978-4-08-744273-1 C0193